当代作家精品
散文卷

主编　凌翔　蒋光平

向阳花

俞海云
/ 著

文化发展出版社
Cultural Development Press

图书在版编目（CIP）数据

向阳花 / 俞海云著 . — 北京：文化发展出版社，
2020.11
ISBN 978-7-5142-3238-7

Ⅰ . ①向… Ⅱ . ①俞… Ⅲ . ①散文集－中国－当代
Ⅳ . ① I267

中国版本图书馆 CIP 数据核字（2020）第 203125 号

向阳花

俞海云 著

责任编辑：孙　烨
出版发行：文化发展出版社（北京市翠微路 2 号 邮编：100036）
网　　址：www.wenhuafazhan.com
经　　销：各地新华书店
印　　刷：三河市龙大印装有限公司

开　　本：710mm×1000mm　1/16
字　　数：200 千字
印　　张：13
印　　次：2021 年 3 月第 1 版　　2021 年 3 月第 1 次印刷
定　　价：49.80 元
I S B N：978-7-5142-3238-7

自序　相遇文字，一世安暖

文字之梦，深藏吾心；弹指一挥，四十多载！

我是山村里长大的人。小学时，仿写几首“唐诗”，虽不成韵，倒也天真！升入师范，在社刊《青蔓》发表几篇习作。任教村小，事务繁杂，兼之柴米油盐之累，卅载春秋，偎慵堕懒，随波逐流，平平淡淡！

2011 年 3 月，偶撰《谈谈我父亲》一文，喜获二等奖，发表于《兰州工运》，电光火石，勾起心底潜藏多年的文字之梦！

爱上文字，平淡的生活有了滋味。一程山水，一程故事，总有些风景念念不忘。或山水，或离情，关风月，也关冷暖。一片雨，在枝叶上盛开，记载着温柔和感伤的记忆；一缕风，绕过指尖，飞向流年深处；一棵树，在生命里永恒，站成喜欢的姿势；一朵花，开在来或去的路上。

繁星入窗，挑一盏孤灯，伏案疾笔，书写一路成长的故事。风起、花开、雪飘、月落，用一支拙劣的笔，拼凑成人生的童话。不经意间回首，那些生命中灿烂过的笑容，生活中的斑驳沧桑，都成了一片片折叠的记忆。《七月，故乡的杏子红了》发表于《甘肃日报》；《朵朵迎春向阳开》发表于《新民晚报》；《雪花之恋》《同学，同学》见之《兰州日报》；《坚守乡村教育，人生一梦无悔》发表于《兰州声视》，一些习作散见于《兰花》《皋兰教育》。习作《笑着当小学老师，真好》获得兰州市教育局“中国梦·我心目中的好老师”征文教师组二等奖；《我的恋书情缘》在“文化皋兰·全民读书”主题征文中获一等奖；《父亲，依然想你》获得“陇盟杯”“溯根圆梦——讲好中国故事”一等奖；《坚守乡村教育，人生一梦无悔》获得“感动兰州”征文优秀奖；《五月什川，梨花胜雪》获得皋兰县第五届农民艺术节“书香梨园”征文比赛成人组三等奖；《七月，家乡的杏子红了》获得兰州市文联“礼赞十九大、歌颂新兰州”主题征文优秀奖；《老师，您好》获得兰州市教育局“我的教育故事”征文一等奖；《生活，是一种努力》获得皋兰县委“不忘初心，牢记使命”主题教育活动“我的入党故事”征文优秀奖等。一些习作被“中国甘肃网”、“兰州微教育”、“文化皋兰”、皋兰电视台、“皋兰融媒体”以及一些公众号展播。2017年，本人成为兰州市作协会员。

“已识乾坤大，犹怜草木青。”《向阳花》由心路行踪、寸草春晖、菁菁校园、乐山知水、吾之所好、教育札记6辑组成。用素色的文字记录心路历程、迁徙行踪的点点滴滴，抒发乡土情怀，深情至爱，折射着人性深处的疼痛、隐忍和期冀，寻找一种久违的快乐和美好。我想，通过努力，写出生命虽平凡但起伏跌宕的轨迹，或悲或喜的体验与感受，乃至时代打锻在心灵上的深深烙印，串成风铃，想念的时候随意看看。

心是河的水，梦是河的波；水是山的故事，云是天的传奇。如今，终有一卷可阅。我愿，携一缕阳光，美在那些风景里，长眠在我自己的故事里。

备注：本书所述人物和故事，存在一定程度的虚构，若有不适言语或情节，还请切勿当真，对号入座，免生是非。

2020年5月

目　录

第四辑　乐山知水

第五辑　吾之所好

第六辑　教育札记

第一辑　心路行踪

童年的趣味

我素不合群，亦不善交际。于是，常坐电脑前，任思绪飘扬。

其实，我这辈人年少时，除衣食住行困难外，业余生活并不单调。春暖花开，蜂飞蝶舞，我们就成群结伙，玩兴浓浓。譬如挖墙洞掏蜜蜂，用草帽捕蝴蝶，墙角里捉“磨磨牛”（学名蚁狮），斗“黑毛驴儿”（蚂蚱），捡“呱呱牛”（蜗牛），压住“粘将”（叩甲）听“叭、叭”的磕头声。有一种叫“土狗子”的蜘蛛，用小木棍围堵时会像小狗般“汪汪汪”叫唤。若是下雨，就掘开蚂蚁洞，寻觅蚁后的倩影。雨后则修渠疏通小河，用废纸叠一只小船，顺水漂流。自然，用弹弓打麻雀、手指头弹玻璃蛋、争斗三角板、盖房房、踢电报、偷杏子，则是我们一伙人的常规游戏，玩起来天昏地暗，乐不思家！

夏秋季节，瓜果成熟，总是惦记着去做“贼”。记得一个大热天中午，相约邻家小哥偷摘别人家的青涩小枣，却被主人发现，顺势躲在一堵矮墙后，瑟瑟发抖。一个傍晚，跟着四五位哥哥远赴他村“作案”。夜黑如墨，急急前行。到了地点，他们前去“行窃”，我蹲在山梁站岗放哨。夜深人静，风吹树叶“沙沙”作响，毛骨悚然。内心恐惧，立即咳嗽几声。几秒钟后哥哥们像野兔般冲回山顶，气喘吁吁。返回路上，他们说刚摸到树梢，若有三两分钟，必会弄到好多杏子，够吃一夜，实在可惜！

有一次，我和三姐去拔草。正值中午，夏日炎炎。我俩拔着嫩草，来到生产队的瓜地里，各自挑拣一个大瓜，装进破背篼，青草遮盖，神鬼不知，回家关紧门窗，砸开掰碎，狼吞虎咽。正吃得起劲时，没有大门和围墙的院子里忽然传来一个老汉的叫骂声，手里似乎提着一条鞭子或木棍，骂骂咧咧：生生的瓜被两个“贼娃子”偷了！吓得我俩钻进家里唯一的方桌下面，战战兢兢——好长时间过后，才敢悄悄打开门缝向外张望。

冬天，天寒地冻，北风呼啸，屋里不生火，冷得似冰窖，与其挨冻，不如出门玩耍，倒觉暖和。自做一火炉，寻找半截方正的坚硬土块，刮去粗边，用小刀掏空中间，一边钻通一个小洞做风口。小炉里装满驴粪、羊粪蛋，从破旧的棉衣斗襟角里揪撕些棉花作为引子，“洋火”（火柴）点燃，使劲吹气，而后单手托着小炉，迎风疯跑。运气好的话，小炉就会冒出浓烟，蹿出火苗。于是，轻放地面，双手拢着烤火，怪暖和的。当然，大多情况下，衣袖内的棉花撕光了，小炉依然冰冷。

我印象中最好的玩具是一把小手枪。那时，实在羡慕《双枪李向阳》《地道战》《洪湖赤卫队》等电影里的指挥员，腰挎精致的小手枪，英姿飒爽，威风凛凛。朝思暮想，夜不成寐。用铁丝弯成小手枪模样，拆下废旧链条穿起来，前面用铜箍铆接一个炮筒（子弹壳），双层橡皮圈作动力，安上扳机，小手枪终于制作成功。于是，每天插在旧布裤腰带上，冲锋陷阵，耀武扬威。

问题是，小手枪的军用弹药严重不足。做引信的洋火，稀缺无比，火药更是天下奇珍。一盒洋火 2 分钱，即便翻箱倒柜，难见 1 分钱。洋火成了日夜渴盼的重要物资，唯一办法只有“监守自盗”。一次三五根，不能影响妈妈生火做饭。三五根，有时连一枪也打不响宣告战斗结束。平日里，只好拿着小手枪做做样子。

仔细想想，童年的趣味儿其实挺多的，只是有些苦涩罢了。

那懵懂时代

时光蹉跎，天命之年，回头看看，感慨良多。

儿时，仰望蓝天，飞机飞过，大声呼喊：“飞机飞机接我来！”“飞机飞机接我——来！”多少次，从不见飞机下落，接我上天！

继而游戏，渴望拥有太多的“斗箕”（纸质三角板）和彩色玻璃蛋（球）。那时，我们喜爱打翻“斗箕”的“赌博”。当然，天性愚笨、技艺不精的我，大多以输完为羞。我八哥水平高，“靶子”打得挺准。一段时间，八哥赢得一小背篼“斗箕”，藏在柴草棚里，我俩也成了无话不谈、形影不离的好朋友。一个侄女，常常输得血本无归、垂头塌翅。开学刚发的新课本，不几天就踪影皆无。她爸爸狠狠地打了她一顿，恨恨地说她是“输破头”。

“弹蛋儿”的游戏，是把玻璃球放在地面，按“猜包吃”（石头、剪子、布）的规则决定次序，轮换“打三枪”（用中指指头弹三次玻璃球），连续三次击准对方玻璃球，第三次把玻璃球打出“三拃”（用手掌长度估算距离的一种办法）外，就算赢了，可以拿走玻璃球，让对方补续新球接着玩。我还是输，只好站在旁边观看热闹。一个远房侄儿，每次都赢，但从不借人，我们骂他“小气鬼”“啬皮胎”。一个常流鼻涕的兄弟，总是拿着捡拾的破球参赛，输了就赖账，我们尊称“垃圾派”（说话不算话的人），每次都拒绝他参加。

小学时，心底极其渴望老师表扬。我的学习成绩不差，可黑瘦严肃的朱老师总是表扬一位叫东东的英俊男生。有一次，我把一道题的答案算对了，他却说东东聪明，反应快。为这事，我气恨了多年。三年级时，语文老师兼班主任换成了俊俏的小姨，她夸我诚实，脑子好，个别时候还指导写作文。有一次，我发烧请假，躺在土炕上养病。中午放学后，好看的小姨突然来看我。她坐在炕头，用温热的手抚摸我的额头，亲热地说笑，我感动得差点儿流出泪来。

上了初中，学校离家十五里，早去晚回，我对学习成绩并不注重。初二时，换了一位新班主任，严肃厉害，英语老师自然不是善茬，同学们经常哆哆嗦嗦、嚅嚅嗫嗫写保证书。一段时间后，我的数学、几何、化学、英语成绩突飞猛进。两位老师多次笑口表扬，说我聪明，前途不可限量。果然，几次测试，我的成绩名列全班、全年级第一名。

1986 年 6 月，初中毕业，我顺利考入榆中师范！四年后，回到家乡，我成了一名光荣的乡村小学老师。

老师，节日快乐

九月，回眸处，盈盈感动。一路走来，小学牙牙学语，初中潜心向学，师范一丝不苟，如今从容淡定。每每想起朴素随和、谆谆教导、恩威并施的老师，我心底陡生敬意。

1977 年 3 月 1 日，微风轻拂，阳光明媚，二姐送我走进村小，报名领书。自此，踏上十三年的漫漫尊师求学之路。

一、二年级时的班主任兼语文老师是位三十岁开外、皮肤粗黑的高个男子，他面色凝重，沉默寡言，三言两语讲完课，就安排学生写字，完成作业，课后很少见面。三年级时，班主任换成雅丽老师，二十岁出头，着装整洁，明眸皓齿，一脸灿烂，论说亲戚该称“小姨”。“小姨”老师教语文，说话清亮，表述清晰，字迹娟秀。她常把我的作文念给全班同学听，含着微笑夸我作文水平高。数学俞老师是本村的，每次做练习，指着我步骤分明、条理清晰的解题过程，笑口夸赞：这个娃娃，逻辑思维能力强，将来一定有出息。在两位老师的关照呵护下，灰容土貌、自卑怯懦的我信心十足，成绩提升很快。可是，五年级开学，“小姨”老师竟嫁到城里去了。接任的语文刘老师和数学满老师都挺好，和蔼可亲，学识渊博，耐心细致，这里就不一一叙说了。

1982年秋天，我顺利升入离家十五里的乡属中学。早出晚归，披星戴月，自顾不暇。起初两年，连续更换三位班主任：先是大个儿朱老师，接着是胡子拉碴的颜老师，后是民师转正的辛老师，他们脾气好，温和善良，学生们不听话，纪律混乱，我的学习成绩不好也不孬。

1984年9月开学，本该升入初三，我忽然心血来潮，相约同学恳求校长给予留级，开明的韩校长一口应承。于是，我们20多位留级生与新生组成初二年级4班。班主任姓李，身材并不魁伟，说话却干练。李老师教数学（初三时增带化学课），口若悬河，如数家珍，讲着写着，下课铃响，意犹未尽。李老师擅长检查提问，谁若没有完成作业或回答不出名词解释、定律公式，采用软溜细长的教鞭说话，那些“一问三不知”的同学就哭鼻子、抹眼泪、腿肚子发颤——李老师怒气冲冲，不依不饶。

当时的英语老师，姓俞，男，二十来岁，年轻体壮，精力充沛，常穿一双白色球鞋，晨起“耍拳”。但凡上课，万分威严，提问单词、短语、课文背诵，一句不合意，“噼里啪啦”，同学们就踏实了，抖抖索索、战战兢兢写保证书，唯他“金口玉言”，马首是瞻。更要命的是，中午或傍晚放学后，十几人蹲成一长溜，地面上边画边写，“呜里哇啦”背诵单词和课文。俞老师吃过饭后，严格地逐个检查，一遍又一遍，不厌其烦。

其实，语文、物理、政治等任课老师，抑扬顿挫，幽默含蓄，但与上述二位比较，温和有余，威严不足，就不费笔墨啦。

这样，一天又一天，我们“重复昨天的故事”。我是个胆小没骨气的主儿，为了省却不必要的麻烦，干脆住宿校园，起早贪黑，潜心钻研，死记硬背。一个阶段后，数学、英语连带其他科目测试成绩突飞猛进。期末，个人成绩总分排名不但超过本班聪慧睿智的那位女生，而且坐上了初二年级“冠军”的宝座！从此，老师们喜爱有加，同学们羡慕尊崇，纷纷前来讨教问题、参考作业。

1986年6月，李、俞两位老师带领我们预选通过的17名同学，乘坐一辆“解放牌”汽车，远赴县城参加中师中专正式招考，结束后还顺道去五泉山动物园游逛了一回。不久，传来我以 498 分的成绩被榆中师范录取的惊天喜讯。收到通知书，我心花怒放，家人高兴，亲友道贺。

榆师四年，时光匆匆，老师挺多。记得有位副校长，知识渊博，凛然正气，物理邸老师真诚朴实、历史胡老师满腹经纶、语基路老师抑扬顿挫、生物刘老师慢条斯理、政治岳老师趣味盎然、音乐杨老师为人和善、教材教法梁老师谈笑风生、文选虎老师腼腆内向、美术陈老师娃娃脸灿烂、实习老师年轻而靓丽——1990 年 7 月，师范毕业后，我走进村小，也成为一名儒雅光荣的语文老师。

远望山是水，抬头情是岸。值此节日之际，恭祝：敬爱的老师，节日快乐，健康长寿，万事吉祥！

那年七月，向阳花开

瑞雪飘飘，浅冬亦暖。这些天，我忽然重逢初中同学小梅、小琴、小花、英子，温柔婉转，风采依然，轻轻聊叙，勾忆起那些年的一些故事。

一、恓惶懵懂

1982 年 9 月，我升入距家 15 里的中心中学（俗称“圈马沟”中学）。因为捎带行李，在郑重承诺下坡时一定推车的前提下，热心和蔼的父亲允许我骑车前去。父亲仔细捆绑好行李卷，推送到沙沟路口，谆谆告诫。

山路蜿蜒，坡陡弯急，推着“永久”牌加重自行车，我小心翼翼地穿过“S”形“攀倒岘”盘山土路，1 个多小时后，终于进入蓝色栅栏的校门。校园里，秋风肆虐，黄叶飘零，三五栋土墙旧瓦的教室默然耸立。在朱老师办公室交足学费后，我寻到山坡前的一排平房宿舍。倚墙靠稳车子，解开绳索，背着行李卷走进脏乱的宿舍，在一溜砌着破砖的土台上，摊开一块绿色帆布，铺展薄薄的褥子和床单，摆齐被褥枕头。这样，床铺相连，约 10 米长的通铺加上两个拐角转弯，硬生生挤下 30 多副铺盖，每人恰好一砖的距离。晚自习后，幽暗的宿舍里，人影散乱，吃吃喝喝，嘈嘈杂杂。熄灯后，同学们叽叽喳喳，窃窃私语，值班查夜的老师拿着手电筒再三呵斥后，宿舍慢慢安静下来。

早晨6:30起床，6:40跑操。早操结束，急忙用湿毛巾擦擦脸，顾不得吃早餐，就匆匆奔向教室。7:10，早自习。我们都是纯粹的山里娃，根本没有洗漱打扮的习惯。于是，无用的脸盆就成了“夜盆”，时日不长就失踪啦。

那时，学校有水房，早、中、晚定时供应限量开水。上课期间不用喝水，晚自习后若是口渴，必得将就忍耐着。那些胆大的同学，偶尔也会去老师办公室碰碰运气，讨来一缸生水，几人分享。学校食堂，每周二、四的中午，供应杂面（不白不黑）馒头、白菜萝卜或洋芋疙瘩。一个馒头四两饭票，一勺菜1角钱，数量不足，质量难说。打饭盛水排队，从不需要维持秩序。那些人高马大、利索的角色，必不甘人后，你争我抢，推推搡搡，轮到最后，要么剩菜残汤，要么空手而回。常常听说，大师傅（我们把做饭的人称为“大师傅”）把饭勺伸出窗外，击打那些即将挤破的头。有次，盛饭的勺子竟被人夺走，大师傅骂骂咧咧出来追打肇事者，被几个“侠客”联合收拾了一顿。运动会期间，宿舍门前熙熙攘攘，肉香浓浓，那白菜萝卜或洋芋疙瘩里，往往飘散着数粒猪皮蛋蛋。“运动员”们蹲在墙角，津津有味，大放厥词：恁贵的价钱连块正经肉也没有，好肉一定是被狗娃子们偷吃啰，让爷们喝汤、啃骨头渣渣！

严重的问题是，一个不大的蓄水池贮存全校七八百人吃喝、洗漱用水，往往一个多月即可告罄。水池临近枯竭的日子，池底蹿跳着几只癞蛤蟆，混浊不堪，一股滓泥味儿。正常情况下，每年3月或12月，必然缺水，我们只好干吃一两周啦。

仔细想想，那时我刚好13岁，个子小，身材瘦弱，头发乱蓬蓬的，永远一身脏兮兮的黄布制服，膝盖鼓包的灰色裤子，脚尖顶破窟窿的“牛眼窝”条纹鞋。我怯懦胆小，生性节俭，不会花钱，一根3分钱的“豆沙”冰棍、5 分钱的“奶油”雪糕、5 分钱一勺的“酸沙枣”，不闻不问，也不去奢侈地打饭吃菜。一个饭缸盛来 60℃的热水，泡上一块馍馍，撒些盐，连喝带吃，肚子就饱啦。秋冬时节，有时还自备一瓶咸菜呢！星期四时，馍馍生了霉点，严格执行分配计划，免得星期五、六断顿。一瓶墨水、一支钢笔、一块橡皮擦、一副三角板、一个圆规，连用几学期，懒得更新换代。其实，我衣兜里放着 1 元多钱，长期原封不动。妈妈用帆布缝制的黄色书包，一直背到了师范毕业。这些节俭的习惯，保持到现在，同事夸我吝啬过人呢。

一次傍晚，全校同学去小涝池看电影。匆匆吃过晚饭，我们在乡政府门前肆意游逛，聊天扯闲篇。牙碴客小坤当着众人的面，大声喊我“白头翁”（华发早生），羞的我无地自容。欺人太甚，好友小旭直接给他一个耳光，打得他瞠目结舌，灰溜溜走了。

我素不喜欢上晚自习，傍黑时分，繁星满天，踏月归家，还能赶上吃妈妈的包谷面馓饭或洋芋疙瘩。第二日早晨 5:30，晨曦微露，摸黑出发，小跑着按时到校。令人兴奋的是，我八哥不知从哪儿弄来一辆没闸（刹车）的破旧自行车，他骑车把我捎在货架上，一路飞奔。一天早晨，地面有些雪，下“盘道岘”时，坡陡路滑，八哥操控不当，“脚闸”失灵，车子冲下四五米高的悬崖，我被甩出十几米远，八哥脸色蜡黄、汗珠滚落。这次塌天大险，现在想起，还心有余悸！

初一（1）班，有个叫小玲的女孩，衣着时新，身材瘦削，学习好，成绩高，令人羡慕。我侄女小梅，成绩排在第二位，几位男生，成绩也高，接下来是我，对亭沟的小宏、小惠哥俩学习认真，晚上拿着手电筒在被褥里偷偷地学习。我不知道学习到底有什么好处，为什么偏要受罪读书。老师说，学习好就会考上高中，可上了高中，又能怎样。反正，我极其渴望放假回家，可以吃饱喝足，一觉睡到自然醒。这样，我每天听讲，完成作业，懵懵懂懂，日子不咸不淡地过着。

1983 年 9 月，升入初二（1）班。班主任换成辛老师，他身材匀称，白白净净，和蔼可亲。课堂纪律涣散，同学们自由散漫，我的成绩总分徘徊在全班第七八名。我孤言少语，木木登登，感觉压抑沉闷。偶然一天，我忽然冒出一个想法，既然学习差，不如留级重学一遍，保不准会提高成绩。这鬼主意一旦产生，我就立即与同学商量，得到很多响应。回家后，把这个打算认真说给爸妈，他们坚决支持。回到学校，立即寻求校长。韩校长听清理由，一口应承。

二、奋勇争先

1984 年 9 月，我成了光荣的留级生。20 多名留级生和 30 多名新生组成新的初二（4）班。留级的感觉是，新生们幼稚单纯，愚笨痴呆，我们泾渭分明，没有默契可言。三坪的小玉学习最好，身材偏胖，不讨人喜欢。同桌朱家井的那个女孩，温和善良，沉默不语，我从不和她说话。有个叫小兰的女生，眉清目秀，面容好看。每天晚上两节自习课，用心处理作业，复习精要内容。有时停电，就凑在小兰的桌旁借点蜡烛的余光，随意翻阅几页课本，心底充满不安和歉意。

那些时日，我养成了早起晚睡的习惯。天刚蒙蒙亮，立即起床，顾不得洗漱吃喝，赶紧背诵名词解释、定律公式、单词或句型课文。晚上 10 点了还不肯入睡，万一明天老师检查提问，怎么办。就这样，我每天痴迷淹没于“数、英、理、化、语”的题海练习中，丝毫不敢疏忽。一次，我奢侈地花去 3 元人民币，一次性买足 50 张“麻纸”（祭拜祖先专用的粗糙灰褐色草纸），订了五本草稿，专门演算习题，李老师还当众表扬哩。一个阶段后，我的数学、英语连带其他科目测试成绩突飞猛进。期末考试，个人成绩总分排名如黑马般蹿上班级第一名，不但超过聪慧的小玉同学，还一举夺得年级冠军。9 月，举行全校表彰大会，我胸戴一朵红花，气宇轩昂地走上领奖台，从校长手中庄重地接过鲜红的奖状和一个装着 10 元钱的信封。从此，李老师以我为傲，认为自己知识渊博，教学水平高，同学们也纷纷前来讨教问题、参考作业。

仰首是春，俯首是秋。事实证明，初二留级的选择是英明而伟大的。此后，我是年级冠军，每天沉浸于学海王国，沾沾自喜。其间，很多同学甘愿做我的死党。先是三道湾的小文，晚自习后早早弄好床铺，等我合铺睡觉；兰沟里的兴河，按时为我盛水打饭；小烟洞沟的元昌形影相随，几位女同学总是围在我身畔讨教问题，笑容灿烂。

三、一举夺魁

1985 年 9 月，升入初三（3）班。班级新增了从嘉峪关转学的小瞿、2 班拆散后的小菊，其他照旧。每天忙碌，争分夺秒，须臾不停，生活简单到匆匆走进教室做题、急急回宿舍吃喝、小跑着上厕所尿尿，不再产生饥饿冷暖的感觉。原来，人一旦专注于某件事，就会特别容易忽略身边的一切。第二年 3 月，同桌小军特意约我去他哥哥办公室复习，看书做卷子，免费用灯喝水。

临近预选，李老师一脸喜悦地说，学校下达一个保送名额，他已经竭力推荐了我，不用参加预选和正式考试，直接保送榆中师范。师范毕业就是老师，一辈子的饭碗挣哈啰。感谢李老师，实在公道正派！那段日子，我春风得意，同学羡慕，爸妈和哥姐们为我高兴。6 月中旬，李老师神情沮丧地说，那个保送名额作废啦，上报表格漏填个人体育成绩，审核没有通过。惊天霹雳，明明说定保送，谁料鸡飞蛋打，空欢喜一场！四处打探，有消息说负责报送的人委托他人填写表格，遗漏个人体育成绩一栏，审核不能通过。诉求无门，我暗暗怨恨发誓，狼心狗肺，干出如此伤天害理之事，毁我一生，若是遇见填表格的人，一定堵住狠骂一顿！

7 月，预选过关，正式考试，顺利夺魁，终被榆中师范录取。9 月，升入师范，衣食无忧，天宇高远，大道通畅，此后过往，皆为序章。

时光若水，人生如梦。蓦然回首，仿如昨天——初入校园，恓惶懵懂，饥渴劳累；进而努力，奋勇争先；一举夺魁，贵为人师。只惜，四年匆匆，还没来得及看清同学模样，我们就散落天涯，兜兜转转，陌路殊途。

悠悠岁月，风住沉香。现在，衣食无忧，居有所安，交通便利。昔我往矣，清风拂过无尽的原野，杨柳依依；今我来思，梅花在湖畔开得烂漫，雨雪霏霏。趁时光还好，相约同学，回看那段随风飘远的美丽岁月，轻轻聊叙我们曾经走过的苦涩艰辛，抑或甜蜜快乐的时光。

那年七月，向阳花开。现在，我们，可以含泪微笑。

贵为人师，却也光彩

三十年从教生涯，成绩平平，建树不多，不敢妄称“好老师”。偶听学生评说，为人热心宽容，古文功底扎实，作文水平高。认真想想，教师职业本来普通平凡，虽不辉煌，却也光彩。

——题记

1990 年 8 月的一天，榆师毕业的我，骑着自行车，捎带着一团行李，走进皋兰县中心乡中心村小学，在一间不足 5 平方米的办公室（兼宿舍）里安置了全部家当：一张旧床板、一张油漆斑驳的苍白办公桌、一把硬木椅、一盏台灯、一个饭缸、几本书。学校领导安排我担任五年级语文学科教师、班主任，兼学校少先队大队辅导员。从此，过起山村教师的崭新生活。

早晨八点，挂在一棵大槐树上的钢板（电铃损坏）敲响了，怀着忐忑不安的心情，我低着头走进教室，一大步跨上讲台，羞涩地笑笑，有一种胆战光荣的感觉：“同学们好！从今天开始，我既是你们的老师，也是你们的大哥和朋友。”这一时刻似乎在童年的梦里就曾谋面过。从此，他们尊称我："俞老师！"

进入正常的教学程序。白天，按部就班，备课授课、批改辅导，一门心思给这帮充满野性、年少无邪、淳朴活泼的孩子们上课，一起跑步做操活动。晚上，则安静地躺卧在木板床上，浏览几本杂志和小说。一个月后，我们熟识了。我是班主任，学生们把我看作世间最聪明伟大的人，特别是班干部、成绩好的学生，言听计从，恭顺有加，佩服崇拜，很少说个不字。当然，部分学生，"大错"不犯，"小错"不少，不在乎纪律，无休止的纠纷，特别是不交作业——我充分运用教师权威，坚持以表扬夸赞为主，严厉批评呵斥为辅的方式，恩威并施，乃至苦口婆心地耐心说服。绝大部分学生好学文明，珍惜荣誉，纪律改善，"麻烦事"减少，还出现了主动修理课桌、帮老师提水、搞卫生等好人好事。一学期下来，我的教学成绩基本达到所定目标，十几位同学还养成了写日记的习惯。于是，心里坦然，站稳脚根，并做好长期"潜伏"的准备。

我家离学校二十公里，只得住校。早晨就着开水泡馍，撒点儿盐，凑合一顿。中午和晚上在学校食堂吃"小灶"（也就是白菜萝卜、青菜土豆和馒头米饭之类）。夏天好，吃过晚饭，时间还早，出外转转。风轻云淡，漫步田间地头，心旷神怡。一次，溜达到一片桃林，我班三位小女生正在摘桃子。看见我，很是激动，双手捧上擦拭过几遍的鲜红桃子，大献殷勤。于是，那天晚上，我们四人坐在田间地头，说说笑笑，述说人生，畅谈未来，不舍分别。冬天的夜晚不好过，特别是阴天下雪的时候，偌大的校园里冷冷清清，寂静无声，我早早儿关闭电灯，悄无声息地上床裹紧被褥，瑟瑟发抖，总担心有什么怪物从地底下冒出来，吓人一跳。

光阴如梭，一晃两年，我拿着微薄的薪水，付出了全部热情，我的心是快乐的。站在破旧的木质校门门口，目送着同学们拿着鲜红的毕业证书，渐行渐远，一阵迷茫。几位女生泪眼婆娑、抽抽搭搭地说：老师，再见，我们一定抽空来看你！

1992 年 9 月，我调到乡属中学。学校安排担任初一两个班的语文课教师和一个班的班主任，监管一个40多人的男生混合宿舍。中学里，班级学生人数猛增为50多人，两班语文课，工作忙，任务重：开会学习、备课讲课、批改作业、各种形式的检测阅卷、理论研讨、培训学习、组织活动、值班查夜等，天天跟着学生明断是非，生气发火，尤其教学成绩抓得很紧，一切唯成绩为检验水平和能力的标准，那一个个鲜红的小数点儿关乎着一个老师所有的名利，甚至去留。想想，学业成绩犹如一根粗大的麻绳，日夜缠绕在全身，甚至内心深处，总也解脱不开。每次考试完毕，召开质量分析会议，领导严肃要求少找客观原因，多找主观原因。成绩低的人在全校教职工面前分析质量，相当于作检讨，满面羞愧，无地自容，恨不能从红砖缝儿钻进去。一次，一位女教师，因为教学成绩全校综合排名倒数第一，分析原因时哭了，伤心透顶，泪水涟涟。想起教学成绩，一年四季不得安闲，心头总如压着一块大石头，让人喘不过气来！时间紧，事务繁，十年一晃而过，教学成绩并不乐观，只是未曾得过倒数后三名。

1997年9月，因为家庭原因，申请调入另一所中学任教，依旧接任两班语文，兼一个班的班主任。夜以继日，废寝忘食，指望成绩突出。无奈，才能有限，努力不够，命运不济，匆忙间，迎来送往三四茬学生，除基本完成教育教学任务外，没有特别发展。又是10年，平平淡淡，波澜不惊。

2008年秋季开学，许是“蜀中无大将，廖化作先锋”。学校安排我担任“重点班”（只可意会，不可言传）语文教师。学校专门为任课教师制定明确的中考升学名额、奖罚措施。于是，为了完成教学任务并获得奖金，钻研教材，了解学生，研究方法，特别在复习阶段，采取每周一测，星期六加班批阅，星期一张榜公布，总结分析，表彰优秀，督促后进，不断提升成绩。坚持三年，2010年中考超过既定目标任务。只是，教师节前夕，学校领导高升，我也离开了生活工作十二年的地方。

2010年9月，我调入新的学校。这是一所县属六年制小学，许是担任过多年语文教师的缘故，领导安排我担任办公室干事：负责处理文件通知、撰写计划总结、方案报告、组织安排会议，同时兼职打印员、“摄影师”、“两操”（早操、课间操）带队与管理。每天匆忙的身影穿梭于师生活动的各个场所，紧张忙碌并快乐着。

三十年，弹指一瞬。屈指算来，我的学生数以万计，他们走入城市，做服务生、卖服装、跑出租、管销售、当经理、称老总，亦不乏公职人员：教师、医生、警察、公务员、大学教授等。同学们几经磨难，摸爬滚打，成家立业，乔迁新居。而我本人，也陆续获得学校及教育局多次表彰奖励。比如1994年获得校级“优秀教师”称号；1998年获得校级“模范班主任”称号；2008年获得校级“优秀教师”称号；2010年获得县教育局“素质教育先进个人”称号等。这几年参加乡邻亲友的红白俗事，常有学生来到面前，端茶倒水，递烟敬酒，恭敬地称呼：老师，您也来了！

光阴荏苒，岁月如梭。“黑发积霜织日月，粉笔无言写春秋。”老师的一个眼神、动作、微笑，一句真诚的谢谢、问好、关爱，让学生感念，人生变得美好。打开一盏心灯，照耀孩子们一段前行的路，能关乎多远就关乎多远！

“桃李满金城，人生一梦间。”始终信奉，水滴石穿的执着，追求就是美好，淡泊也是幸福。认真想想，教师职业本来平凡，虽不辉煌，却也光彩。

生活，就是一种努力

——我的入党故事

七秩华诞，普天同庆，不禁想起入党之路，盈盈激动！

一路向阳，只为山花灿烂。我是山村人，父亲是农民党员，母亲是农家妇女。穷乡僻壤，缺衣少食，水源奇缺，柴草珍贵，出行艰难，农民辛苦，是我对乡村生活刻骨铭心的体验。二姐说，我五岁时曾认真地说："只要努力，一切会改变。"儿时，心底始终有一个梦：好好读书，脱离贫困，为父母争光！

心怀渴望，懵懂憧憬。1977 年 3 月，灰容土貌的我成为一名小学生，专心听讲，认真学习，戴上了红领巾。老师夸奖：老实聪明，前途远大。连续五年被评为"三好学生"。领回的奖状，被姐姐们贴了一墙。就这样，唱着《没有共产党就没有新中国》和《学习雷锋好榜样》，我小学毕业了。那时，我对中国共产党有一种朦胧而神圣的崇拜感。

升入初中，住宿校园，就着冷水窝头，勤奋刻苦，死记硬背，初二时成绩总分年级第一名，老师赏识，同学羡慕，光荣加入了共青团。1986 年 6 月，通过中师招考，以 498 分的成绩，被榆中师范录取！四年时光，孜孜以求，我读了很多书，连续两年获得“成绩优异者”奖励。只是，对入党的事不甚了解。

“水滴石穿，不言放弃。”1990 年 7 月，回到家乡，我当了村小的一名语文老师。自己认为正直善良，朴实无华，深受学生喜欢，至今保持联系。1994 年 9 月，调入乡属中学，任教两班语文兼班主任：备课讲课、批阅辅导、学习培训——忙忙碌碌，勤勤恳恳。1995 年 9 月，欣欣然递交第一份入党申请书。一年过去，杳无音信。1996 年 9 月，第二次提交申请书，石沉大海。2000 年，我在新的中学上交第三份申请书，依然无果。十年寒暑，坚持学习，风雨无阻，远赴兰州参加自考，先后取得兰州大学汉语言专科、本科证书。匆忙间，迎来送往五六茬学生，工作烦琐，默默耕耘。此时，年届四十不惑。

有一种情怀，叫不忘初心。2009 年 9 月，调至三川口学校，任教数学，兼职干事：处理文件、组织会议、撰写文稿、打印摄影、两操管理，紧张忙碌并快乐着，我找到了一种生命存在的价值感。2010 年的一天，有位同人忽然问起：你这么勤奋上进，怎不加入党组织？电光火石，怦然勾起心底潜藏多年的入党之梦。于是，郑重上交第四份入党申请书。2011 年 6 月，参加了入党知识培训，对中国共产党有了全面深刻的认识。12 月，教育局党委批准入党申请。宣誓时，心潮澎湃：我没有辜负父亲的愿望，我要更加努力！

有一种精神，叫作牢记使命。入党后，遵守《中国共产党章程》，严格履行义务，先后担任办公室主任、工会主席（代理）、政教主任、党建干事，积极参与各项教育教学活动：立德树人，培根铸魂，谦虚谨慎，尽心而为。我校近 10 年来先后获得了甘肃省“模范职工之家”“语言文字规范化示范学校”；兰州市“小学教育质量优秀奖”（3 次）、“文化建设达标校”、“依法治校示范校”、“德育示范学校”、“文明单位”、“优秀家长学校”；皋兰县“先进基层党组织”（2 次）、“目标考核先进单位”（10 次）、“小学教育质量优秀奖”（10 次）等荣誉称号或奖励。

心中有信仰，脚下有力量。近年来，约有 20 多篇习作在《甘肃日报》《兰州日报》《兰州工运》《兰州声视》《兰花》《皋兰教育》等报刊发表，10 多篇文稿获得市县征文等次奖，部分作品在“中国甘肃网”、“兰州微教育”、皋兰电视台、“文化皋兰”、“皋兰融媒体”及一些公众号展播。

“灯火常在，行者不孤。”我相信，星星会说话，石头会开花，穿过夏天的栅栏和冬天的风雪，终会抵达圣洁的殿堂。我愿意，像蚂蚁一样工作，像蝴蝶一样生活，好学上进。用行动，做一名会学习、不生气、真心爱孩子的老师。并笔耕不辍，弘扬正气，讴歌新时代，颂扬党的丰功伟绩！

“苔花如米小，也学牡丹开。”现在，衣食无忧，居有所安，交通便利。我不优秀，但，事在人为，踏实苦干，永不言败，我会一直很努力。

原来，生活就是一种努力。这，就是我，一名从教 30 年的小学教师，光荣的入党故事。

朵朵迎春向阳开

因为疫情，开学时间推迟。今天，我在校园里值班巡查。

迎春，开花了。阳光下，一树花开，枝蔓细长，端庄秀丽。半蹲下来，金黄的花瓣和花蕊，一朵朵，一串串，娇艳俏丽，灿若繁星，静静地绽放出一种喜悦和风情。一缕缕香，从枝头微微飘来。不经意间，忽然闪出一道涟漪，心莫名的潮湿。

小学时，记得校园里曾栽植着几株迎春，粲然盛开，引得小伙伴们时时围观。趁着老师午睡，跳入园子拼力撅断一枝，揣在破旧的衣襟下偷偷带回家，插在灌满清水的玻璃瓶里。晚上，清香袭人，连梦都是香甜的。

中学的日子清苦难熬。那时，冬天冷，风很大，宿舍内如冰窖，火炉只是个摆设。睡觉时我把薄薄的被子拢成一个洞，如蛰伏的小狗一样钻进去便不敢动弹。每年花坛里的迎春开出几朵嫩黄的小花时，天气就不冷了。我把迎春写进作文，结尾点明主题，长大后要做一个迎春花般的人。

"纤秾娇小，也解迎春早。"升入师范，风柔了，水软了，迎春开花了，金英翠蔓，腾燃流溢。我和同学们褪去厚厚的冬装，满身欢欣，欢声笑语。午后温煦的阳光下，提把小凳子，捧着路遥《平凡的世界》，在淡黄的花香中打发时光，一直消磨到新叶盈目、浓绿欲滴——我在长大着。

当了老师后，在破陋的办公室门前开辟一方园地，四周用红砖作界，栽了一株迎春。课余时分，伫立花畔，静静地看，细细地赏。春去秋来，四季轮回，我在乡村待了整整20年，也让千名莘莘学子遍布城市乡村。

进了县城，每天穿梭于楼宇间，忙碌于工作任务，花坛里花繁叶茂，风韵绰约，我却有些懵懂，视而不见，浑浑噩噩。

“我已亭亭，无忧亦无惧。”今年，被这场疫事赶入笼中，关上洞门，恍兮惚兮。人生匆忙，20岁读书，30岁成家，40岁辗转，50岁，孩子走我走过的路。一路跋涉，跌跌撞撞，那些曾经的困苦与失落，生活中的沧桑，都成了一片片折叠的记忆，在泪水与欢笑中化作涓涓溪流，连山清水秀的家乡，亦在不知不觉中渐离渐远。这一切，是否像一场梦？现在，没人催促行程，没人打扰思绪，路在脚下延伸，还是缩短？一场疫情，让我明白：有时，生命是脆弱而短暂的，但，无论怎样，人生都得坚强，希望的故事在一直延长！

春暖花开，否极泰来。我愿，是一朵迎春，即使生活低到尘埃里，也必然开出含情脉脉的花！

校园里，迎春开花了。我愿，一路向阳，快乐前行！

追梦大工，我心飞翔

——写在靖炳大学之初

“天道酬勤，功不唐捐。”2018年7月，铁树开花，靖炳同学以567分的高考成绩，被大连理工大学提前录取，十四年的刻苦和坚持，叩开大学之门，实现全家人梦寐以求的美好愿望，终成正果。

十年寒窗苦，不与外人道。靖炳同学，你一路前行，牙牙学语、小学、初中、高中，起早贪黑，发愤忘食，勤学苦练。我们含辛茹苦，细心呵护，洗衣做饭、包书皮、削铅笔、听写生字词，为你保驾护航。

8月，秋阳明媚，靖炳离开皋兰老家，坐动车辗转宁夏、内蒙、山西、保定，短暂逗留北京，乘高铁经沈阳赴2278.7公里的辽宁盘锦，志气昂扬地踏进大学门槛！现在，你坐在窗明几净的教室，优雅沉稳，浸润于知识的海洋。不是每个人都有机会和能力，领略大学之门后面的神奇和精彩。靖炳同学，你，是时代的幸运儿，是我们一家的骄傲！

而今，高考的得意已然成为历史。这几天，我特意上网查询大盘校区，偏僻荒凉，地广人稀，交通不便，四季刮风，蚊大毒多，物价偏高，菜价奢侈，简直就是一座孤岛，不免唏嘘。一个人不能同时踏入两条路，抉择是艰难的。任何事情，成功与挫折相伴，机遇与挑战并存，汗水与欢笑同在。大工崇高，985，211，安静的校园，充足的自习室，宽敞的图书馆，舒适的小阁楼，冬暖给力，夏日风爽，同学优秀，室友包容，老师认真，教授和蔼，专业驰名——大学是读书的、远大志向者的平台跳板，不是旅游观光的胜地。成绩靠两样，专心程度加方法得当。书山有路，学海无涯。作为一名大学生，这里安静，可以摒弃诱惑，安心进取，这个平台足以支撑你走向美好的未来。刷卷子，看重点，成绩不会差。设若，谦虚好学，不耻下问，认识几位学长学姐，等他们考完某科，悄悄打听考什么，重点是哪些，不失为一条捷径。该是你的就是你的，不要想着取巧偷懒。求知自觉，精益求精，好好学习，期末了拿奖金。

古今成大事者，不唯有超世之才，亦必有坚韧不拔之志。不积跬步，何以千里。生活不是儿戏，现实不是变脸，任何地方都有太多优秀的人，也有更多自甘堕落的人。教育的本质是醒悟，内心的高度自觉，以及良好的习惯，坚持不懈的毅力和品质。探究专业，潜心于最感兴趣的学科，人生会更加丰富和充满乐趣。参加社团，抓住机遇。与教授聊天，携伴共进，把聪明才智发挥得淋漓尽致，或可取得些许成就。岂敢放任自流，让追求陷入盲动，人生没有第二次，我们输不起！

四载寒暑，数度春秋。大学生涯，欢声笑语，热闹随心，美好亮丽。四年时光，林荫小路，会记住你匆匆步履的身影；宁静书室，留存着你笑意阑珊的面容；暖意盎然的寝室，留下你孜孜不倦的印迹。碧海蓝天，阳光沙滩，想想，都是一种幸福的感受。靖炳同学，尽情享受这种只属于你青春季节弥漫的花香，清新淡雅，沁人心脾。保持热情，充满希望，以实际行动完成梦想。展望未来，昂首微笑，每一天都会那么美好。

“勤劳的人吃羊腿，懒惰的人喝凉水。”成绩很重要，合理分配时间，利用一切机会实习科研，让学习填满生活。“天高任鸟飞，海阔凭鱼跃。”若你足够优秀，四年后，985 本科生，考研出国，北大清华不稀奇。另外，工作不难找，工程师、研究员、化验员、QA、QC 都行。上海、广州、北京、成都，亦不在话下。有人说，读了大学不一定能找到称心如意的工作，说不定连学费都赚不回来。我想，林子大了什么鸟都有，没念过大学的人生似乎缺了点东西，可能就是少了些某种经历。既来之，则安之，此心安处是吾乡，荒凉也是一种美。相信，四年后，回望大盘，必将成为你一生最美好的回忆，温暖依旧。

生活是庸俗的，但人生不能无聊。尔乃上进之才，收起骄傲，自我约束，力争上游，做生活的强者。哪里都有成功的人，失败者不值得安慰。经得住诱惑，耐得住寂寞，顶得起压力，担得起重任，人生不遗憾。你知道：游戏等级、聊天打屁、抄袭作弊、懒惰睡觉——这种种行为在毕业后给不了做人的尊严、一日三餐、片瓦立锥之地，乃至安身立命的职业。玩手机，谈未来，岂非天方夜谭，痴人说梦！

生逢盛世，静心追梦！靖炳，我的至亲，全家（主要是你自己）的希望。当年的我，也曾废寝忘食，逐鹿时代，终成一名中师生，得此教师的光荣工作，又自学大专、本科，三十年从教，严于律己，认真踏实，不悔今生。上大学了，离开父母，一切靠自己。五千里之外，思念时激动，有些感慨，也有微微担心。浪花与海岸的分离，是为了成就更好的自己。愿你出走半生，归来仍是少年。

“有志者，事竟成，破釜沉舟，百二秦关终属楚；苦心人，天不负，卧薪尝胆，三千越甲可吞吴。”

谨祝：靖炳同学，大工盘锦，追梦成功，加油！！

七月，家乡的杏子红了

七月，家乡的杏子红了，我该回家看看！

我的家乡在皋兰县中心乡（现更名为九合镇）。从省城兰州出安宁桃林新村，沿“刘沙”（刘家堡至沙井驿）公路前行至与排洪沟交界处，右拐进入“安高公路”，一直向北行走 2 公里，即进入中心乡地界。轿车在平直宽阔的柏油路飞驶，沿途村落依山而立，绿树掩映，白墙红瓦，屋舍俨然。远处的“天斧沙宫”，仿如古罗马宫殿建筑群，结构奇异，肃穆古朴，寂静邈远。道路两旁，鲜红的沙地如海滩一样，阡陌交通，条块分割，由平地延伸至山顶，栽植着杏树、桃树、梨树、枣树等，葱葱茏茏，蓬蓬勃勃。

回到头沟村的家，问候过母亲，和二哥随意聊说几句村人近况，便去各块地里转转，看看今年庄稼的长势，顺便摘几颗杏子吃。

雨后的田地里，空气清新，土壤温润，沙地柔软，一片碧绿。一二排高架龙豆，垂直细长；三四行辣椒，争先吐翠；五六垄茄子，油黑发亮；菠菜、芫荽、韭菜、葱等，层层叠叠，绿意盎然；西瓜、洋芋、包谷、高粱、西红柿，枝繁叶茂，郁郁苍苍。

中心乡地处皋兰县西部，属温带季风气候，夏季气温较高，日照充足。这里自然生成红沙，人们在耕地上铺设一层厚厚的红沙，保墒保温，植物果实含糖量极高，甜味浓浓，别有一番风味。杏子是每年最早且受家乡人喜爱的果品，红透时，一家人享用或馈赠亲友，还一定不忘给出嫁的姊妹们捎带几颗。每到阳春三月，春寒料峭，杏树深紫色的枝干上，便钻出一嘟噜一嘟噜紫色花蕾，接着开出一片芬芳，“白白红红一树春”，如红云朵朵，素洁淡雅。

来到我家杏地里，十几棵杏树遮天蔽日，翠色欲滴，夹杂着一派红彤彤的景象。一颗颗熟透了的杏子，黄里透红，圆润饱满，清香弥漫，令人垂涎欲滴。赶忙攀摘树梢间的三五颗，顾不得擦拭，送入口中咀嚼，一股甘冽的琼浆沁入心脾，甜润中微带些酸味儿。一气吃了七八个，咂咂舌，爽格盈盈！

看着这熟悉的杏林，想起过往的点点滴滴。童年，家境贫寒，一家人饱受冻馁之苦，每年青黄不接时段，杏子成了一年最早的等待和盼望。三月，这一片山沟里的花红，蝶飞蜂舞，氤氲去一冬的寒冷与孤寂。等花儿谢了，就吃到酸脆鲜嫩的小杏子，一直吃到熟透，尤其喜欢那种吃完后酸酸的味儿。小伙伴们往往挑选一个大热天午后时光，邀约漂亮的邻家女孩，一起去杏地游玩。“公主”们坐在浓浓的树荫下，文雅高贵地品尝“勇士”们特意奉献的那份“殷勤”，说说笑笑，天真烂漫。那位叫杏花的姑娘甜甜地笑着，一脸幸福，格外撩人。“随意春芳歇，王孙自可留。”

七月麦黄季节，炎热难耐。暮色莽莽，一群农家少年，坐在夏日山巅，任晚风吹拂，安享“偷窃”的辉煌战果（偷杏子是家乡少年的常规游戏）。直至夜深时分，方敢悄悄溜回家，任凭家人数落。爸爸总说，庄稼人农活太多太累，你就待在家看点书吧，想吃杏子了拿上书去地里转一圈。放羊归来，爸爸从衣兜里掏出几颗绿色泛黄的杏子，眯着眼呵呵笑着说：路过地头时顺手摘了几个，先尝尝，等几天就红透了。大热天中午，我提个小布兜儿，拿着锄头，迈着轻快的步伐，英姿飒爽地走在田间小路上。那是一段极其快乐的时光，芬芳了我的童年梦想，也灿烂了我的少年时光。

工作后，时间被工作和新的家庭所牵绊，回一次家竟是那么艰难，我成了天空盘旋久之却不得归巢的鸟儿。每到杏子黄红时分，爸爸惦记着要我回家吃几个，顺便带他的小孙儿看看。这个阶段，正是学校复习考试和总结的关键之际，分身乏术，却难如愿。于是，眼巴巴瞅着，那些渐渐成熟的杏子，任凭风吹日晒，一个个落到地面，腐烂成泥。当初，爸爸和我一起栽下，我和小树苗一般大小。如今，抚摸着斑驳沧桑的躯干，巍峨参天，我也长大成人，父亲却走了，让我如何不想念他。

曾几何时，由于连年干旱少雨，父辈们在这片贫瘠干裂的土地里，操持耕耘，风来雨去，广种薄收，收获寥寥。为了温饱，为了更好地生活，伙伴们留下年迈的老人，抛妻别子，四处奔波。大片土地荒芜，杂草丛生，山梁上不再有成群耕畜嘶鸣奔跑。“佳人已去杏未开”，杏子无人照管，自生自灭，不成气候。那些随行就市的商贩们为挣自家光阴（钞票），却把那本不酸甜的外地杏子运来，偏要说成是正宗的中心杏子。

如今，当年外出的人们舍弃“农民工”“进城务工人员”的头衔，他们卖服装、跑出租、当经理、称老板，甚至尊“老总”——历经磨难，走南闯北。但逢家乡红白事儿，即驾车携妻将雏，返乡还家，就为看看这里的草草木木，山山水水，吃几颗家乡的甜杏子。有几位老哥，回来后还不走了，特意栽植几棵杏树、桃树、苹果树，种几块红沙洋芋、包谷棒子、西瓜，说是弄些给城里的孙娃们尝尝鲜。

少年已是老去的容颜，可杏林在，杏花在，杏子红了，阳光在头顶呵呵地笑着——从这里飞出的鸟儿们回家来啦。

乡村的夜晚，月光如水，风轻云淡，宁静祥和。站在杏林地里，吃着甜甜酸酸的杏子，微风拂面，身心说不出的清爽，我似乎要融入那温馨的夜空里。

走在那段乡路

五月的一天，挤了点空闲，提着羞涩的包裹，我乘飞机、坐班车，千里迢迢，终于踏上那段曾时常走过的乡路。

走在已嬗变为笔直舒展的那一段乡路，放眼，天蓝云淡，绿树红花。村小的三层小楼掩映于白墙红瓦中央，巍峨耸立，国旗招展。小超市品种齐全，琳琅满目。广场微波荡漾，人们翩跹起舞，笑容灿烂。我的心盈满温热，逡巡的眼睛，不住地捡拾儿时的欢欣。

我的家乡坐落于黄河北岸的一个小村庄，丘陵起伏，群山环抱，安静秀美。记忆中，捡柴拾粪、拔草抬水、采山花、掏鸟蛋、上学回家、出外打工——“雨天一脚泥，晴天一身土”，来来去去的永远是一段泥泞坑洼的乡村土路。

小学时候，每天早晨背着书包，披着晨曦去学校，中午心急火燎地归返，草草吃点午饭又急忙上学，日落西斜时倦怠而又轻松地往回走，一路哼唱着《东方红》《黄土高坡》《小草》和《一无所有》，小伙伴们你追我赶，交头接耳——小黄狗摇头晃脑，迎来送往。

初中阶段，长我两岁的八哥成了我的全部依靠。凌晨五点，天色阴暗，繁星漫天，邀约八哥摸黑急行。傍晚时分，相伴踏月归来。后来，八哥有了一辆没“闸”（刹车）的破旧自行车，八哥驾驶，我安坐于货架，一路飞奔，快意如风！

升入高中，又和秀莲结伴走过那段乡路。当年，适逢本乡学校高中部撤销合并到县城，路途遥远，相约秀莲做伴，一起出发或回家。秀莲是我初中、高中的同学，她眉清目秀，文文静静。好多次，夜幕苍茫，月色朦胧，我和秀莲急匆匆走在那段乡路上，顾不得短暂停留片刻。两年时光，实在短暂。高中毕业后，秀莲早晚侍弄几亩薄田，喂养十多只绵羊和一头小毛驴，过着自己那少盐寡米、清汤寡水的日子。每至黄昏，徘徊在寂静的路上，站在夜的尽头处出神，守望着一个梦。印象里，秀莲永远是那么清纯透明，恰如一朵荷花。

缓步走过山坡边那块长长的自留地，想起曾和爸妈一起翻挖平整、压沙播种、锄草施肥、收割拉运的一幕幕情景，耳畔仿佛响起小毛驴摇响的铃铛——只是，十年九旱，收获寥寥。三年后，我留下日渐年迈的爸妈，跟着村人远赴省城打工：装卸搬运、兜售水果蔬菜，为城市建设添砖加瓦、栽花种草、打扫卫生，甚而当起保安——走南闯北，入“城”随俗，随波逐流，离家越来越远。置身在喧嚣的都市，辗转于大街小巷，纷纷扰扰，疲惫不堪。定居1000公里外的城市后，固定的生活固定了与爸妈的距离，一年走一次那段乡路，已算频繁。“欲作家书意万重”，打电话的次数多了，也成了一种奢侈。夜阑唯有眺望家乡，任热泪盈眶。

斗转星移，世事变迁。这段乡路不小，乃古“丝绸之路”（本地人称为“旧大路”）分岔，也曾辉煌灿烂。传闻，当年大清王朝时期的则徐林大人贬谪新疆伊犁，骑驼穿沟而过；20世纪40年代国共和谈，恩来总理屡经此路；20世纪五六十年代一批批“苏联”专家来来往往。我幼年时期曾捡拾保存至今的2枚古钱币“宽永通宝”，从网络考证，确属日本商人遗留，印证了这段乡路曾有过的繁华！

千年一梦，梦圆今朝。如今乡路通畅，土地平旷，水流潺潺，山川竞秀，一碧千里，老人小孩带手机，多户人家购置私车，与城市并无二致。此刻，心里生起一种莫名的欣喜，瞬间润了眼眸，暖了心扉。

沿着那段乡路前行，轻快散淡，脚尖泛着缕缕清香。粉红的迎春花次第开放，柳枝吐出鹅黄的嫩叶儿，小草翠绿得逼眼。偶尔，有燕掠过，洒落一地呢喃。蝶飞蜂舞，急急飞来跑去，赶赴一场场天崩地裂的恋爱。掰一块石子，投向湖面，看涟漪波动——这些年，许久的繁忙劳累，穿梭于高楼车流，争名逐利，锱铢必较，几乎忘记乡村的色泽，忽略这些生命的色彩。总是梦想着有那么一天，远离纷杂与浮躁，留居这片土地，与爸妈团聚，侍奉早晚，共享天伦。

站在村口，那棵粗糙苍劲的老榆树下，阳光从枝丫的缝隙里泼洒一地，摘下几瓣杏黄粉嫩的榆钱放进嘴里，还是那种清凉、甘甜、馨香的味儿。转弯处，碰见邻家大嫂，莞尔一笑，大老远热情地招呼："城里的'大老板'，回来啦！有空来家里坐坐！"亲房二哥呵呵地笑着："好兄弟，回来啦！回来了就多住几天！"羊群悠悠然欢快跑过，远远闻见一股股羊粪蛋的芬芳味儿。

疾步前行。家，就在不远处。

小黄狗

小时候，我家养过一只小狗，黄色的毛，矮矮的身材，黑油油的眼珠，憨态可掬，讨人喜欢。

每次我出门上学，小黄狗摇着尾巴送到很远处，看我走远才迅速跑回家去。那时，我以为小黄狗蓄意讨好，图谋不轨，只是为了骗取书包里的一小块馍馍。

放学回到村口，小黄狗前来迎我，活蹦乱跳、摇头摆尾。回到家里，小黄狗站在原地，瞪着两只黑黑的眼珠盯住我看，直至把人看羞。有时，见我脸色不好，不理不睬，它就双爪弯曲垫在脖颈下，歪着头打瞌睡。一旦听见我动身出门，立即飞快地竖起双耳，晃动在前后左右。那时，小黄狗成了贴身保镖，早晚陪我四处游逛。因为小气，我对它并不好，一点儿不关心它的饮食，连自己都吃不饱的日子里，哪舍得把食物白白给它呢。

那个年代，生活困顿，家里一日两餐不是“洋芋疙瘩子”“包谷面馓饭”，就是黑面锅盔和“锅塌子”（玉米饼），五六月青黄不接时，添加煮一些野菜当饭吃。这阶段，妈妈在灶火里添一把柴草，铁锅撒上一把麦种炒熟，装进我的衣兜，算是上学的早餐。小狗跟着我，一眼不眨，眼神随手势移动。好在爸妈非常喜欢它，吃饭时先把食物提前倒些，这样，小黄狗就不会流口水、干瞪眼了。

读完小学，我到离村子十五里的中学住校读书，一周回一趟家。时间紧张，往往星期六晚上摸黑回来，第二天中午匆匆返校。尽管小黄狗每次迎来送往，甚至送出很远，但我和小黄狗的感情，依然在不知不觉中疏远了。

后来，上了师范，离家200多里，一学期回家一趟，我和小黄狗瓜葛就很少了。不知哪个假期，回到家时，小黄狗不在了。妈妈说，多好的一条小狗，竟吃了被药毒死的老鼠。妈妈絮絮叨叨述说的时候，眼圈儿有些发红。

现在想想，我家小黄狗真的有思想和感情，善良单纯，机智灵活。我命令一句，它会按指令做一些像模像样的动作。夸赞时，春风满面，得意扬扬；呵斥时，则耷拉着脑袋，像做错事的孩子，乖乖儿卧在地上，谦卑诚恳。当年父母健在，日子虽然过得恓惶困苦，但因为父母的呵护，我们全家人过得快快乐乐。如今，父母远去，兄弟姊妹们各安其家，我也能吃饱穿暖，但总觉得生活中缺少点什么，人与人之间似乎多了一层隔膜。现在想想，那时实在太过吝啬和小气了，而现在，又何尝不是呢！

这是三十多年前的事，小黄狗留给我很深的印象。

羊群、小毛驴丢失的故事

众所周知，马航客机失联，凭空消失，杳无音信，查无踪迹，千古之奇。关注之余，忽忆儿时，我家羊群和小毛驴屡屡走失，父亲东寻西找、万般无奈的情景，不由泪意阑珊。

譬如，一次傍黑，父亲说，好好吃草的羊群不见了，怎么办？怎么办？时值秋冬，田地里没有作物，父亲早晨把羊群赶到山上吃草，自己忙着耕地，拾掇田间杂物。这天下午，父亲在羊群活动的有效范围内搜寻半天，却不见丝毫踪影。傍黑时分，冷风飕飕，父亲吃点干馍，喝口凉水，提着一根长棍，摸黑出发了，搜索工具简单得连一把手电筒也没有。

夜深了，父亲依然没有回来，我和妹妹去村口等候。一觉醒来，父亲蹲坐在昏黄的煤油灯旁抽旱烟，不停地唉声叹气。等我再次醒来，天已大亮，父亲早出去了。中午时分，父亲赶着羊群回来，自言自语地骂人！原来，昨天我家羊群在山上吃草，转过几个山头，被邻村人赶进了自家羊圈。问及父亲，他说是循着羊群的脚印一路追寻找到的。

有一次，我家的小毛驴路边吃草时，忽然不见了，急死人啦！要知道，一头小毛驴的地位绝不亚于一个正式在编在岗的家庭成员。我们农村，温饱是压倒一切的滔天大事，一年的所有收入，必须从庄稼地里一分一厘抠出来。这重任全驮在父亲和小毛驴身上。父亲一夜不得安睡，长吁短叹，恨不能天空立马发亮，早去搜寻自家宝贝！

天色微明，父亲出外紧急寻找，四处打听，甚至跑到七八里远的张家沟、小三沟、钱家窑、孙家头沟等村庄，逢人探寻，杳无音信。连续两天，如是这般。第三天中午，终于探听到一个有效信息：有人前天下午看见，路畔吃草的一头小毛驴被一辆汽车赶着向俞家湾村的方向走了。父亲听了，干涩的嘴唇露出一丝微笑，毕竟小毛驴没被人偷取。父亲立即匆匆向俞家湾村跑去，挨家挨户打听，仔细询问。原来，小毛驴在路边吃草，被一辆汽车的喇叭声惊吓，拔断了缰绳，被汽车促赶了很远，最后被一位老人捡拾，关进了自家牲口圈。傍晚，黑瘦憔悴的父亲牵着小毛驴回来，声音洪亮了许多。

一个夏日中午，父亲去放羊时发现，羊圈门大开着，羊群散漫在打麦场，唯独不见已经喂养三年的那头大羯羊，羊圈门口布满杂乱的脚印和一辆“三马子”的车辙痕迹。父亲分析，这头大羯羊真真确确被贩羊的贼娃子们瞅稳，专意等庄稼人打盹儿时“窃走”。这可是一家半年的口粮收入，父亲述说责骂着，心疼了好多年！

兄弟姊妹们，相约回村

弟兄姊妹们，别来无恙。

有个紧急事儿说说，咱们回村吧！对，回咱们那个群山环抱、安静秀美、清风明月的小山村，我们的家乡，好吗?

时光荏苒，弹指一挥，一别卅载，奔波忙碌着。问他家乡好，纷纷泪不休。回村吧，村里，有同学、朋友、亲戚和老乡，还有老屋、酸杏子、快乐的童年，更有爸妈步履蹒跚、望眼欲穿的身影——啥也别想，咱们回村吧。

你还记得当年奔跑玩耍、嬉笑打闹的场景吗？那时候，咱好像一出生就熟识啦，三五成群，黑不溜秋，穿着开裆裤，斗蛐蛐、捉蜜蜂、掏鸟蛋、摔泥泡、弹蛋儿、玩扑克、捉迷藏、捡柴火、拾粪便、抬水拔草、上学回家，逗留于犄角旮旯，做喜欢的事，肆无忌惮地笑，不正经地瞎侃。天昏地暗，日月无光，被那个叫“妈”的人满世界呵斥着回家吃饭。那时，我们青涩而单纯，简单而快乐。

那年，杏花初开，你我他正好十八，青涩模样，离开校园，告别爸妈，背井离乡，孤身闯天涯。你信誓旦旦地说：“我挣了钱就回家。”逗留城市一隅，蜗居狭窄小屋，穿梭高楼车流，辗转大街小巷：装卸搬运、批发零售、铺砖盖瓦、栽花种草、值班保安——奔波忙碌着，我们不再是妈妈手心里的宝（花）。生活的艰辛，从未远离；梦想的渴望，永不言弃。

回去后，立即邀约“大头”“二宝”“三拐”“雪梅”“小兰”“拴弟儿”——聊聊童年、友谊和吹过的牛。晨曦微露，衣兜装满炒豌豆，去学校看看。坐坐那斑驳的桌椅，在操场跑几圈，打一场篮球比赛，顺便拜访一脸灿烂的“小姨”老师。日上三竿，我们蹒跚在蜿蜒的田间小路，不疾不缓，看看桃花，摘几颗酸杏子，听听野百灵的天籁之音。阳光倾洒，提个小马扎坐在村口老榆树下乘凉，猜拳行令，输了刮鼻子，“弹壳儿”，不用担心那个叫“爹”的人会愤懑。

暮色苍茫，到村口溜个弯，任夹杂着尘土的风吹过面容，闻闻泥土的香味。天光尽失，回到儿时的房间，安稳地睡成个“大”字。

春天，种几颗草莓，栽几株桃杏，撒点儿菠菜、芫荽、西瓜种子；夏临，在浓浓的树荫下乘乘凉，喝点酒，议论军国大事，一醉方休；秋日，煮一锅裂口的洋芋蛋，啃几口滚烫的包谷棒子；冬至，陪着爸妈，围着火炉喝那苦香的罐罐茶。过年时，写春联、剪窗花、点灯笼、放鞭炮、包饺子，一家人围坐在小炕桌旁，品品酒，说说话，玩玩牌，其乐融融。

回去后，养一只小狗，叫欢欢；养一只小猫，叫乐乐。养养花，下下棋，喝喝茶，做做饭，洗洗衣。若是起风了，粘一架风筝，慢慢放飞。下雨了，叠一艘小船，让它带着我们的梦漂向远方。月黑风高的夜晚，相约还偷杏子去。走在村庄里，每一张面孔，亲切又熟悉，说不定忽然就与那个美丽的人重逢（不仅你喜欢，其实，我也悄悄爱着呢），日子虽清淡却一点儿不感到寂寞。

风雪天涯，落叶簌簌。弟兄姊妹们，今天，咱们就回家！

第二辑　寸草春晖

爸、妈，我爱您俩

尊敬的爸、妈：

近日来，精神可好？饭菜合口吗？

这几天学校举行“世纪金榜杯”感恩书信大赛，要求师生给自己最热爱、最亲近的人写封信，表达感恩之心。思来想去，觉得这封信还是写给您俩最合适，因为你们是我最亲近的人。虽然没有读过一天书，不认识一个字，但我想，会读懂的，因为我们是一家人，心心相印，血脉相连！

和天下所有的父母一样，是您俩，让我长大成人，认识了世界的美丽，懂得如何爱人和自爱！在艰苦的岁月里，费尽心血，把有限的资财供给我，有幸挤进大学门槛读书，拥有“教师”这个神圣而光荣的职业！您俩，是上天恩赐我此生最珍贵的礼物，是我每一天快乐的因子！这份独有的爱，是我一生最珍贵的财富！每天想想，就觉得安心快乐，睡觉踏实，满足自在！我会在您俩热切的目光里，坚守岗位，把工作做得尽善尽美。真心地谢谢，对我四十多年的呵护、支持！

我深深地明白，我的工作、生活，乃至一切，不能离开现有的环境。可是，工作闲余时，总难以克制思念的心绪，实在不忍百里之外看着您俩孤单落寞地生活在那宁静孤寂的山村老屋，我也深深明白您俩舍不得城里工作的我和正在上学的孙儿。爸、妈，多想无忧无虑地一块儿生活，随时抬头看见步履蹒跚、颤颤巍巍的身影，顺手捡拾物品双手奉上，还如小时一般，早晚响亮地喊声“爸！妈！”实在不敢想象，每天闲余的中午或暮色苍茫的夜晚，面容清瘦的您俩，坐在老屋门槛上，老眼昏花地远望村口小路，若是过来一辆摩托车，或一辆农用车，甚至小轿车，是不是还顺便捎带着您俩的尕儿、孙儿。

“但愿人长久，千里共婵娟。”寒暑假时，我一定按时回来，陪您俩聊聊早年艰辛奔波的苦难经历，说说漫漫人生路上一次又一次坎坷起伏，谈谈您俩对我的倾心鼎力支持！

爸、妈，辛苦了！

谈谈父亲

——写在公元 2011 年 6 月 20 日傍晚暴雨肆虐土地之后

望着那刚刚被暴雨、洪水恣意蹂躏过的三亩薄沙地，一片汪洋，想想父亲终年四季的不辍劳作，不禁心潮澎湃，热泪盈眶。

满心指望今年雨水充盈，庄稼丰收，哪料老天如此残忍，暴雨洪水这么冷酷无情，顷刻间，置父亲多日的辛勤与操劳于不顾，毁父亲全部的希望与憧憬于刹那间，一切的一切被抽击得零零碎碎、干干净净、荡然无存！

父亲年届八十又二，岁月的刻痕早在多年前爬满额头，枯燥的白发显现着风霜的严酷，过度的劳作表现出残忍的刻薄，满脸憔悴，疮痍斑斑，矮瘦的身材弱不禁风。吃晚饭时，看着父亲蠕动咀嚼半天也吞咽不下满口食物的情景（牙齿脱落殆尽），我拼命按压住激动的心绪，不忍目睹他苍老的面容，只是数着那洁白的面条，一条一条咽下。

原打算用今年的收成，偿还两年前盖新房时借欠的余款，翻翻身，透透气。谁料，仅仅半个多小时，全部的希望化成了泡影，一切又如从前，这怎能不让他伤心欲碎，悲痛欲绝！

这是父亲早出晚归，兼放一群绵羊的同时，用自己的小毛驴车，一车一车，一锨一锨，整田平地、起垄耕地——对于有劳力和机械的人来说，也许不是难事，可对于风烛残年的父亲、母亲，该有多么艰难啊！

冬天，地皮坚硬，寒风凛冽，父亲用残年余力一下又一下，硬是掏开坚硬的冻土层，翻出新沙，在母亲的帮扶下，直到今年春节后才完成这项规模浩大的“工程”，完成三亩鲜红的新沙地，然后耕耘下种，铺压地膜，松沙施肥，放苗浇水，喷药锄草，不得半天清闲，眼见得瓜苗吐翠，花苞着色，土豆成簇，不料，转瞬间，雨过如剃，颗粒无收！

我因教学在外，心有余力不足，用微薄的薪俸拉扯妻儿，偿还楼房贷款，艰难拮据，勉力为父亲购买一些日常生活用品，节假日协助干点小活，杯水车薪，于事无补，祸不单行今日行，福无双至何时临？

多好的父亲啊！我知道我违背了他的愿望，他从一个农民的实际出发，希望我能在家帮帮他，平时搭把手。他说，土地是庄稼人的宝，他一定把土地精心地侍弄好。可我出门百里之外，身为人师，早晚不能有丝毫帮助。我想他老人家明白，我的所作所为，其实就是在改变我们下一辈的命运，不要让他如父亲您一样，将自己的一生捆绑在干旱贫瘠的土地里！

我曾同父亲商量过，他点头同意了。唉，凡我所说的，父亲有哪一样不答应、哪一次不会同意呢？现在细细想来，出外教学谋生，本身就是一个美丽的错误抉择，我可以就近入学，既表达为人之子的一份孝心，又可展示平生所学，造福乡梓，不该抛却父亲，独自在外奔波流浪啊！

父亲共生育了我们弟兄姊妹七个儿女：三个儿子，四个女儿，现如今均成家立业，七人中计三人高中毕业，三人初中毕业，唯我学历较高，在家所受待遇极优，至今读为大学本科。感谢父亲，使我有幸挤进大学门槛，看见了大山外面精彩的世界，拥有如今“人类灵魂的工程师”这个光荣职业！

我的父亲出生于公元 1929 年九月初五，至今已整整 82 周岁。父亲一生辛勤耕耘，根正苗红，循规蹈矩，为全家人生计，一年四季披星戴月，废寝忘食，匆匆忙忙。

偶尔听父亲说起他个人最辉煌的事迹，是1954年做过一任乡农会主席，曾手提一杆“快枪”（步枪，那时称作“快枪”）打靶，打过野猪，维持全乡治安，光荣地加入中国共产党。想象中，那时的父亲，该是多么英姿飒爽，气度非凡。时至今日，父亲依然是村里活跃的积极骨干分子，每届党训班的优秀学员，以实际行动践行着共产党员的神圣职责。集资办学，他慷慨捐助500元，因为他是党员，学校培养人才，把他的小儿培育成为名副其实的大学生，圆了自己一生未曾就学的愿望。作为一名普通农民党员，父亲的所作所为问心无愧，日月天地可以明证！

父亲大半生没有惊天动地的壮举，没有令人艳羡的荣誉、头衔，他只是一位农民，一名地地道道的老百姓，一位典型的西北黄土高原上的庄稼汉。可是，我要说，父亲勤劳、智慧、善良，是当代中国优秀农民的代表之一。

天要下雨，禾苗被暴雨践踏，土地被洪水淹没，随他去吧。生命不息，奋斗不止，任劳任怨，问心无愧！父亲常对我说，家里只是我和你妈，不缺吃不缺穿，没什么负担，时间长了打个电话就行了，现在通信这么发达，别牵挂，安心把工作做好，把书教好，不要打骂娃娃们。

老骥伏枥，壮心不已。起泥翻沙，平整施肥，拉运压沙，种萝卜、点菜花，只要下了种，总还是有希望的，老天让人穷一年，不能让人穷一世！今年没有，明年还会长不成吗？

这就是我亲爱的父亲，大半生的光明磊落行为，我为他祝福，祝他晚年幸福，安康长寿！

在父亲多年特意留给我住的小房间昏暗的灯光下，写出这篇习作，以此感谢父亲，给予我四十多年的辛勤哺育之深恩！

陪父母坐坐

春节乔迁新居，住进楼房。腊月初接父母来我的新家过年。明天父母（正月十六）执意要回乡下生活！

爸爸说：我们走了，你要照看好炳炳（儿子的乳名），不要生气发火。他还小，不懂事，别让打电脑，玩游戏，少看电视，让娃把书念好，这是大事。

妈妈说：把孩子照管好，按时给吃给喝，别嫌麻烦，再大点儿就懂事了。

爸爸说：好好工作，尊重领导，处理好和同事们的关系！

妈妈说：我和你爹明天回去照看家里的羊、驴，开春打算种些高粱、玉米、西瓜、籽瓜，暑假你们回来吃——就看老天爷能不能多下点儿雨！

爸爸说：我做梦也想不到你能住上楼房。现在住上这么好的房子，我住上几天就心满意足了！

妈妈说：别喝酒，喝酒对人身体没有好处。再说，喝醉了没人管你，这么冷的天，会冻坏的。

爸爸说：现在的社会这么好，我虽然八十多岁了，可身体还硬朗，明年还来你家过年，享享新社会的福气！

妈妈说：勤快一些，自己能做的就去做。不管啥时候都要自己照管好自己，不要依赖别人，谁能给你做什么，都忙得要命，哪来工夫帮你！

我知道二老虽然健康，其实已至耄耋残年。我点头承当，不时添加些滚烫的茶水，陪父亲喝一杯白酒。总是渴望和父母一块儿生活，抬头看看他们步履蹒跚的身影，顺手捡拾物品双手递送，实现儿时发过的誓，长大孝敬父母的简单愿望。

感谢仁慈的上帝，让我在四十多岁最有力量时，和爸妈坐在一起，聊聊早年艰辛奔波的苦难经历，说说漫漫人生路上一次又一次坎坷起伏，想想他们对我的倾心鼎力支持，享受到人间的天伦之乐，尽管只有短短的16天，一起度过了一个和和乐乐的春节。

夜深了，小儿、妻子睡熟了，我劝二老早点休息，明天还要赶路呢。爸爸、妈妈答应着，却不愿起身，还是坐着，坐着，絮絮叨叨。可否留你俩常期入住？我一遍又一遍扪心叩问自己的良心！

我亲亲的爸妈，昨天回了乡下老家，宽大的客厅一下子竟如此清冷寂寥！

父亲，一路走好

六月，我的父亲走了！

无可辩驳，我的父亲，真的走了！！

2013 年 4 月 30 日早晨，大哥专意开车从老家接来父亲，安排父亲住进县医院外科 13 床。一生因为怕花钱，很少吃药打针的父亲，这回因为腹部疼痛，泪流满面，坚决要求看看医生，住院好好治治。他说，大半辈子没看过病，这次好像得了怪病，肯定不轻。

一连几天，在病房里陪护父亲，做胸透、B 超、心电图、尿检、拍片子。大夫对大哥和我说，治疗已经没有多大意义，吃药打针输液体，徒然增加病人痛苦，花费不必要的资财，最好回家疗养，免受折腾。我不相信，坚强硬气的父亲，走过人生八十多个春夏秋冬，会被这么一点小病击倒。心底默默祈祷，愿上天保佑，生命出现奇迹，让辛劳一生、为儿女们操碎心血的父亲，能够挨过这个坎儿，健健康康活个三年五载。

父亲的病情日益加重，面容越发憔悴消瘦，吃一口饭，吐半口，浑身不爽，高烧不退，昼夜疼痛，不得平卧。虽极力想尽办法，依然不可遏制病情的发展，无可奈何，仅仅陪他哀叹几句罢了！

6月9日，父亲眼圈发红，嘴皮发紫，焦躁发迷，高烧不可忍受至极，喂他吃点药，打支针，安慰几句，别无他法。其时，父亲心情平静，思维清晰，似有许多话语诉说，极其思念儿女。我明白，父亲的生命已到尽头，甚至可用分秒计算长短了，也许几小时，也许几分钟，也许几秒钟！14日晚，父亲双目无神，神情呆滞呼吸微弱，贪乏无力，努力咳嗽。大哥、二哥、二姐、三姐、小妹陪侍左右，无计可施！父亲思维清晰，口齿干脆，表述简洁。问候每个家人，安排生产生活，偶尔咳嗽几声，吐出一些痰液。但凡挪动几寸或几步距离，必须耗尽全身力气，十几分钟完成一系列动作，一米之遥的行程竟如此艰难。夜深了，制氧机“嘣腾、嘣腾——”间隔有规律的震动。

2013年6月16日（星期日）凌晨过两分，父亲在我的怀抱里，呼吸停止，脉搏不跳，一睡不醒！这一天是父亲节，人世间一位平凡普通的好人，就这样消失在我的眼前。性情随和、活泼欢笑、可亲可近的父亲，明明白白地走了！从此，我没有父亲了。布谷鸟“咕咕”鸣叫的时节，在一个绿意盈盈、云淡风轻的日子里，无比刚强硬气的父亲，一睡不醒！

天亮的时候，太阳升得老高，匆忙勤快的父亲，为什么还不起床呀，你的羊儿“咩咩”叫着，小毛驴用蹄子刨着墙角，打着响鼻，等你梳理毛发，清扫圈室，桃树急需修枝，高粱更要间苗——可是，父亲，你却安睡不起？鲜红的沙地里，那还留着父亲抚摸印记的秧苗，使劲儿探头眺望，椭圆形的小瓜蛋一闪一闪。“瓜离亩，四十五”，再有40来天，西瓜就熟了。可，好强可亲的父亲，今年却再也不能笑呵呵地吃上一口。那熟悉的土地，哪怕是墙角边的一块块泥巴，也曾被父亲捡拾整齐。现在，一个好人走了，一个牧羊人走了，一个地地道道的老农民，带着未尽的梦想走完了平凡朴素的人生之路。父亲，亲亲的父亲，从此，音容渺茫，阴阳两隔！

院子里人影散乱，嘈嘈杂杂，纷纷扰扰。阴阳先生们嘀嘀嗒嗒、呜呜咽咽吹奏着谁也不懂的乐曲，述说着含糊不清的方言土语，为逝者超度，安排行程。父亲在正屋安睡四天后，成殓进老房，被全庄人簇拥着，抬送到墓地安葬，留下一抔黄土丘。次日，大雨倾盆，水流如注。姊妹们说，父亲走时老天爷争气，不热不冷。父亲可真厉害，一辈子没有麻烦过儿女们!

为了儿女，父亲在干旱贫瘠的土壤里种下希望的种子，收获着微薄的果实，使一家老小不至于冻饿受馁，盼望着儿女们个个争气，健康快乐。陪父亲治病的四十多天，端水喂饭、问医买药，竟麻木迟钝，愚傻痴呆。

生命对谁都一样残酷，无论达官贵族，平民百姓，概莫能外。由此，为什么我们总觉时间宽裕，甚至争争吵吵，恩恩怨怨，是是非非，斤斤计较，真是可笑之至。总之，坚强硬气的父亲，走完普通灿烂的一生，永远永远地走了!

父亲，一路走好！！

我的父亲，是个好人

我的父亲，生于公元1929年九月初五，是皋兰县九合镇头沟村二社西台子农民。

父亲简历：1932年5月爷爷早逝（3岁）、1937年全民抗战（8岁）、1947年解放战争（18岁）、1951年参加互助组（22岁）、1952年土改运动（23岁）、1954年加入农业合作（初级、高级）社（25岁）、1958年参加人民公社化并全民大炼钢、1966年无产阶级文化大革命（37岁）、1972年兴修水利（42岁）、1982年土地承包（53岁）——父亲虽然经历或参加了一些运动，但不是诸次运动的英雄豪杰，恕不一一赘叙。只知道，父亲贫农出身，根正苗红，循规蹈矩，为一家人的生计，披星戴月，匆匆忙忙，辛勤耕耘，人生的轨迹似乎赋予父亲劳苦无限、农活多多。

我的家乡坐落于丘陵起伏的兰州北山，这里干旱少雨，土地贫瘠，父辈们耕耘劳作，收获寥寥，顺应天命地生活着。1982年，土地包产到户后，身材矮小、和蔼可亲、说话干练的父亲，成了一年四季闲不住的人儿！大多时候，父亲逗留在20多亩承包地里，平整土地，耕耘下种，铺膜压沙，松土施肥，放苗浇水，喷药锄草，间苗修枝，收割采摘，捆绑拉运——劳作的间隙则蹲在坝塄上卷着旱烟，扫视着一片蓬蓬勃勃、葱葱茏茏的庄稼地自言自语：长势不错，肯定会有个好收入！

父亲一直喂养着一头青灰色小毛驴，用来做播种、耕地、拉运等农活。他给小毛驴喂料饮水、梳理毛发、清扫圈室。为了增加收入，贴补家用，还兼养着十几只绵羊。凌晨五点，父亲早早儿起身去放羊，八九点回家匆忙去耕地，东奔西跑，难得清闲半日。唉，正值子女们出外求学、成家立业阶段，一家七八张嘴要糊，各种花费都得他用双手从土坷垃里抠出。在他和母亲的辛勤操持下，我们姊妹弟兄七个儿女（三个儿子，四个女儿），三人高中毕业，三人初中毕业，各自顺利成家立业。小儿我在他60岁时，有幸挤进中师学校，自学读为大学本科，拥有光荣的教师职业，走上“教书育人”的工作岗位！

父亲性格耿直，心胸开阔，为人慷慨。在那极为艰难困苦的岁月里，谁家若是急需用钱用物，必定大方接济，绝无二话。

一次，侄孙延活（小名）摘取山坡树上的毛杏，从树干跳下来不慎坠下悬崖，气息奄奄。父亲立即拉在架子车上，急匆匆奔向四十多里的兰空医院。因为抢救及时，伤员转危为安。一位邻居大哥在生产队里铁匠坊劳作，眼珠迸入一枚铁渣，受伤严重。父亲用小驴车把伤者送到医院治疗。表弟被大火烧伤，父亲凑足3000元，特意安排我及时送去。村里集资办学，他慷慨捐助500元。

金无足赤，人无完人。若要找寻父亲的不好，也有很多，诸如嗜好烟酒，爱管“闲事”，当和事佬。凡此种种，不一而足。

生命不息，奋斗不止。至今50岁以上的村人提说起父亲名字，肃然起敬，感念父亲当年的好。作为一名普通农民、党员、牧羊人，父亲没有惊天动地的壮举，没有令人艳羡的荣誉或头衔，只做过一些微不足道的小事。可是，他勤劳、智慧、善良、有骨气，在我心中，永远是一个热心肠的好人！

素花淡淡，细雨纷飞。谨以此文，怀念我的父亲。

怀恋父亲

生活和工作的紧张忙碌中，总想写些关于父亲的生平事迹，念念父亲的好。

——题记

认真想想，自从上学、工作以来，每次回家，父亲站在门口迎接，临别反复叮咛。现在，父亲走了，回到老家，孤寂冷淡，恓恓惶惶！

父亲活着时，我不是不愿陪他度过几天团聚的岁月，实在是生活、工作紧张忙碌，难得陪他说说，走走，看看。浑浑噩噩、懵懵懂懂中，父亲走了，阴阳相隔！

父亲是一位胸怀豁达、开朗坚强的人。记忆中，面容黑瘦、身材矮小、说话干练的父亲，总是匆匆忙忙、紧紧张张，一年四季干农活闲不住的人儿。可惜这二十年来，我因为出外谋生，不在身边相伴，并不觉得父亲有多累多忙。

记得小时候，父亲十分疼爱我，出门干活时必得亲亲、回来后立即抱抱，再去给牲口饮水喂草，这印象遥远而模糊，却也似乎真实存在过。初中开学报名，学校离家十几里路，必须捎带行李住宿。父亲却怕我摔着，坚决不让我骑家里的那辆“永久”牌加重自行车。收拾好随身物品，一件橘红色小木箱（二哥特意制作），一床被褥，我要骑车运载，父亲坚决不肯，似乎很生气的样子。我哭闹着不走，父亲实在无奈，只得允诺骑车去。父亲把我送出很远，再三叮嘱：一路小心，下坡时一定要下车，推着车子慢慢走。

开学后的一个星期六放学，雷声震天，大雨倾盆，道路泥泞，自行车轱辘被淤泥堵塞，前行不得。夜幕降临，我又饿又累，勉力走着，忽然听见父亲洪亮的咳嗽声，心头一热，“哇”地大哭起来。再后来，我考取了师范学校，父亲逢人便讲，喜笑颜开，得意自豪。

印象深刻的是他老人家永远逗留在细沟口的两亩多地里，清除淤泥，挑出烂沙，铺好土壤，用小驴车一趟又一趟拉沙的身影。疲累时，蹲在坝塄上卷着旱烟，扫视着绿油油的西瓜秧苗，自言自语：这地侍弄方便，交通便利，旱涝保收，不像那些沟茬地，种也是白种，没有收入。

父亲一生种地、圈养绵羊和牲口，人生的轨迹似乎赋予父亲劳苦无限，农活多多，不得安闲。

父亲，亲亲的父亲，在我工作繁忙、自顾不暇时，匆匆离去，忙碌得连一句再见也没有说清楚。我总不相信，曾经那么坚强硬气的父亲，竟会真的走远。父亲走后，小儿说梦见了三四次爷爷。爷爷说：我好着呢，好好学习，听爸妈的话，有些志气。而我，却只梦见了一次，可只是听见他说话，却没看到他微笑的模样。

父亲走后的这些时日里，老是感觉，他又去草滩上放羊，田地里干活，傍晚定时回来，蹲坐在西屋的台阶上卷烟，喃喃自语。

父亲，可亲可敬的父亲，真舍不得，您走！

父亲，依然想您

夜阑人静，暮色薄凉。父亲，您像一片寂寥的秋叶，走得越来越远！

二三月时，您说不知什么原因，肚子（其实是胃里）像一块石头，硬垮垮的，吃点儿东西觉得不舒服，等有空儿时，要到大医院检查检查。四月中旬，您说，五一放假时，确定去看看医生，到底咋啦。

五一放假，大哥和我安排您住院，做全身检查。一住一个多月，病情不但没有缓解，反而越来越重，身体虚弱厉害。我们只能陪您说说话，实在不敢把病情告诉您，怕您伤心。

六月时，您疲累不堪，瘦弱得没有气力说话。那次昏迷，其实我已没有丝毫办法救治，只能一天天看您衰弱下去。6 月 16 日凌晨过两分，您睡着了，一眠不醒。

父亲，您走的时候，正是盛夏。雨水充盈，玉米抽穗、高粱拔节、洋芋开花。

9 月 22 日，是您的百天忌日，哥哥、姐姐和妹妹们来拜祭。烧了很多纸钱，呈献上今年的瓜果：葡萄、香蕉、苹果、红枣、西瓜、籽瓜、白瓜、石榴、烟酒、茶水、点心、蛋糕、饼干——好多好多。

国庆节，依然 7 天长假。1、2 日我在学校值班，2 日晚搭乘便车回家。在老家屋里，却再也看不到您慈祥的面容和热情的身影，这是 43 年来第一个您不在家的国庆节，何尝不伤心呢。3、4 日，帮助二哥挖了两天洋芋，就是涧沟和窑洞地的，三千多斤呢。5、6 日，剪收你的高粱穗，全部拉回家。7 日，摘了一天果子，晚上我匆匆回县城上班。二哥的病，喝了 30 多副草药，完全好利索了，您不用担心。

现在是 10 月底，草木萧萧，冷风飕飕。今天，我去“人民广场”转了一圈，看见那么多老人悠闲自得，就想起您的音容笑貌！

43 年，竟如一瞬。父亲，我真的很想您。

高山仰止，大音希声

——缅怀我那素朴勤劳的母亲

九月，雨，一直下，生生的，敲疼心脏，像是某个没关好的泉眼，突然决口。2017 年 9 月 13 日（农历七月二十三）早晨 7 点，我温和善良的妈妈，一眠不醒，与世长辞，松柏低头，天公垂泪！

往事如烟，关于妈妈，实在有着太多的美好记忆。我家在兰州北山，群山环抱，丘陵起伏。这里，十年九旱，土地贫瘠，缺衣少食，生活的贫穷困顿程度远远超过城里人的想象，温饱是压倒一切的滔天大事。

清晨，儿女们睡得正香时，袅袅炊烟升起，屋里屋外闪动着妈妈忙碌的身影：填炕担水，烧火做饭，喂鸡饲猪，打扫清理——而后，和父亲匆匆去田间地头劳作。傍晚，口干舌燥的妈妈赶着羊群，夹着一捆柴火，把夕阳的最后一抹灿烂抱进土屋，在那烟熏火燎的厨房里，为全家人操持晚饭：洋芋疙瘩、馓饭、面条子、咸菜、腌菜——一觉醒来，昏黄的油灯下，妈妈嘀咕着纳底粘帮、缝缝补补。油灯闪着光芒，妈妈瘦弱的身影叠印在土屋老墙上，成为素美的版画。

妈妈饲养着七八只“来航鸡”，用鸡蛋换取食盐、碱面、酱醋、火柴、肥皂等生活必需品。青黄不接的月份，妈妈凌晨四五点提着长时积攒的 100 多只鸡蛋，步行三十多里山路去城郊换面，捎带背回一些捡拾的莲花菜叶，供家人填饱肚肠。七月麦黄时节，炎炎烈日，腿疼的妈妈跪着匍匐前行，硬生生从僵硬的土壤中拉出麦根，腰酸背痛、汗湿衣襟——冬日夜晚，常见妈妈给皴裂的手脚涂抹些“棒棒油”，靠近炉火炙烤。

端午、中秋、春节，是一年甜美的期盼。妈妈用“托笼”蒸熟月饼、馒头、花卷，供兄弟姊妹们尽情享用。想想，那可真是一段快乐而奢华的日子，竟可以吃到香甜可口的馍馍。

小时候，家里小孩一旦头疼脑热，妈妈顺手拿针“挑擦”（兰州人的一种治病疗法）。煮熟一个鸡蛋，剥皮撒盐后，让患者吃上，而后捂盖上棉被“出汗”。说来神奇，经妈妈粗糙的双手“挑擦”且吃过鸡蛋，病情很快好转。妈妈没有念过书，不识字。干农活时，妈妈就给兄弟姊妹们唠叨：“好好念书，考上学就不种地啦，农人苦死了啊！”

上小学时，家里没有闹钟，妈妈每天喊我早起，按时上学。一次，日上三竿，妈妈才叫醒我，自责地说：都怪我，咋就睡着了呢？夜里起来几次看三星，不想竟睡着了——冬天的早晨，妈妈在灶火里填进去一把柴草，抓一把麦种撒在铁锅里，炒熟后装进我的衣兜，算是早餐。傍黑放学，妈妈特意在“后锅子”里存放着一些剩饭菜。

1982 年秋季，我升入初中，到离家十五里的中学寄宿。每逢周日，妈妈洗衣做饭，备足一周干粮（锅盔、馒头、“马蹄子”）。周六放学后，我一路小跑，欢呼雀跃，那份回家的欣喜和欢乐，溢于言表。1986 年，我顺利考上 100 多公里的师范，妈妈喜笑颜开，准备好行李，送我求学：“好好学习，时间长了给家里写封信。”一走半年，回家，总有一份浓浓的暖意。

1990 年 7 月，我当了一名小学老师，任教于二十多里外的山村小学。匆匆忙忙 16 年后，又在 100 多里的县城安家落户。孰料，回家，这个简单的想法却因工作忙碌、交通不便等原因，很难如愿。偶尔搭乘大哥的顺风车回家，短暂团聚，妈妈心疼地责备：自己“跌拌”（兰州方言：“动手制作”的意思）着吃好些，挣钱的人身体还越来越差啦。临别，妈妈把馍馍、甜杏、白粉桃、韭菜、豆荚装上些，再三絮叨：别担心，时间长了打个电话。而后，妈妈站在村口，送我远行。穿梭于城市与乡村间，总是思念家中的妈妈。有限的电话联系成了倚靠：家里好着呢，天凉了，穿热些！关于我，她似乎操不完的心，小时候，如此；长大后，亦然。

记忆中，那些一贫如洗、与苦难相伴的岁月里，朴实温和的妈妈，晨曦而起，戴月而归：耕地栽种、施肥拔草、割麦碾场、喂牲养畜、淘麦磨面、担水做饭、洗衣缝补——日复一日，年复一年，妈妈忙里忙外，含辛茹苦，细心呵护着一家人的日常生活，用瘦弱的双肩扛起生活的重担，艰难地与饥饿抗争着，日子过得虽恓惶困苦，却被一种温暖呵护着，寡盐少米、清汤寡水的日子，也过得眉开眼笑。妈妈帮扶父亲，把弟兄姊妹七个儿女抚养成人。妈妈协助父亲，打发三个姐姐、一个妹妹出嫁，为两个哥哥和我操持婚姻大事。认真想来，人性的所有美好莫过于此，完全体现于我的妈妈。

妈妈衣着朴素，粗茶淡饭，不擅梳洗，不看电视，她的窗花剪得不错，偶尔也哼唱几句小调，喂养过一只小黄狗、几只小猫。晚年，还操心种植了一些绿豆、黄豆之类，算是妈妈的业余爱好吧。

岁月匆匆，韶华难留。父亲去世后，妈妈沉默寡言、日渐萎靡。近年来，妈妈头发全白，腰弯背驼，步履蹒跚，眉眼间沟壑纵横。妈妈的白发，在最后一季的冷风里，飘摇——现在，妈妈走完了自己匆忙壮美的一生，长眠于曾经劳作的黄土地里。

送走妈妈的时候是秋天，落叶飘零，冷冷的凉，那一夜风刮得很猛。天亮时，妈妈乘风走了。这一年，妈妈没有过完秋天。一别，天堂与人间，隔着一世的距离。睹物思人，我只能从那口铁锅、那把钝剪、那只豁碗、那枚顶针里，寻找关于妈妈的记忆。一些走过，来得很轻；一些离别，走得很痛！妈妈很近，近在心里；妈妈很远，远在天涯——我明白，我不是一只不归的鸟，我只是一只暂时漂泊远行的帆船，而终点永远是妈妈的身畔，那里才是我最后的岸。

凄凄风雨稠，哀哀泪花流；茫茫天地间，慈母身不显；奈何归去矣，亲情铭心田；别去三冬远，思亲梦几回？妈妈，愿天堂一切安好！

高山仰止，大音希声。谨以此文，缅怀我那素朴温和、勤劳善良的妈妈！

先生，是一个博学正直的人

——纪念我的一位副校长

听闻先生病逝，心情不由猛然一沉。

我是一九九零届榆中师范毕业学生。四年岁月，时常遇见先生方正敦厚、儒雅威严的身影。先生给我班上“马克思主义哲学基础”和“政治经济学”。每次上课，条分缕析，逻辑严密，滔滔不绝。同学们细心聆听，摘抄笔记。30 分钟后，先生常规布置一道测试题，当场巡查作答，下课带走，第二节课公布成绩。自然，诸多同学慑于出乖露丑，慎重听讲，认真作答，不敢捣蛋。

先生分管教学，工作务实，治学严谨。榆师学子，恰值青春懵懂，风华正茂，不免散漫，抽烟喝酒，缠绵多情。先生带领学生科老师，夜晚巡查。若见电光，同学们即刻偃旗息鼓、悄然装睡。先生敲门进宿，检看火炉，询问冷暖，叮嘱作息。期末考试，不同年级插花编排，杜绝抄袭。课余时光，但见操场、树林、围墙周边，男女学子，优雅飘逸，晨记晚诵。先生喜欢听课，恰如一名学生，聚精会神，有时授课的老师下课后才会发现。关于女生宿舍楼卫生问题，先生多次在会议上强调：一位老师端饭路过，楼上倾盆浇透，惹得全校师生哄堂大笑。至此，女生楼干净整洁多啦。一次，我班体育课提前5分钟结束，先生责问老师，为什么提早下课。1989年元旦文艺汇演，我班帅哥靓女的“霹雳舞”（或太空舞），预审未过，几欲夭折。同学们拜访先生，顺利参演，舞姿翩跹，行云流水，成人间佳话。三年级师兄俩表演相声，口若悬河，极言伙食糟糕，先生听不下去，上台轰下，成为传奇。学校林场失火，浓烟滚滚，众人扑救。大火渐熄后，先生文雅地说：这麦草就是爱着火，胡麻草耐烧啊！1990年全校“革命历史歌曲大合唱”展演，先生特意与我班全体同学合影留念。凡此种种，不胜枚举。

其实，我与先生，交集不多，无非听课答卷，为先生的认真批阅沾沾自喜。同学伟子说，先生开明大度，爱人爱才，记忆力特强。先生离开师范后，口碑甚佳，诸多学生常去探望。偶听同事提说师范旧事，亦夸赞先生，是个正直的人，沉稳干练，幽默风趣，绝不拖泥带水，言语间流露出怀恋之意。窃以为，榆师老师，大多不错。但，先生，首屈一指，凛然正气，知识渊博，朴实无华，更有一颗金子般的心。

时光老去，榆师学生遍及兰州、榆中、皋兰党政机关、教育部门，从政为学，爱岗敬业，比比皆是。大千世界，人海茫茫。“一个人遇到好老师是人生的幸运，一个学校拥有好老师是学校的光荣。”一个榆中人，恁多莘莘学子，几十年惦念，甚至怀恋，自非寻常。反正，有些突然，先生安详地走了。

“常忆白虎山下风采，造数辈教育脊梁，英名难忘；陇原痛失一代圣贤，万千弟子悲泣无声，风范永存！”

谨此感念！

我的兄弟姐妹

皋兰县九合镇（原中心乡）头沟村，管辖头沟口、孙家头沟、赵家二沟、张家沟、白石头 5 个自然村，东接忠和镇平岘、南通三坪、西达俞家湾、北邻钱家窑——头沟口是村委会所在地，山峦迭嶂，沟壑交错，安静秀美。头沟口“岭”多：尕尕岭、沙湾岭、大湾岭、电杆岭、独家岭；“沟”多：沙沟、红沟、细沟、晒头沟、学学沟、垴里沟、倒红沟、柴家沟；“湾”多：风湾、北湾、臭蒿子湾、苦蒿湾、骚狐子湾；“台子”多：西台子、原台子、孙家台子、陈家台子、朱家台子、大湾台子。

时光荏苒，一晃多年，那些和兄弟姐妹们一起走过的点点滴滴，依然伴着淡淡苦涩却又美好的时光，无法忘却。我们兄弟姊妹七人：两个哥哥、三个姐姐、我和妹妹。年少时，家徒四壁，清汤寡水。父母下地干活，依序成长的兄弟姐妹们，哥哥们放羊放驴，捡拾柴火；姐姐们蒸馍馍、揪面片、炒菜勾汤、缝纫洗刷，亲密无间，和乐融融。

大姐属羊，64 岁，气质优雅，勤劳能干。大姐不识字，会踏缝纫机。记得一年春节前，因为大姐没有给我缝制一件新衣，当着大姐的面，把缝纫机狠狠踢了一脚。后来有一个暑假，为大姐家照管陈家沟的西瓜，大姐做了一条蓝布裤子，还给了 10 元钱。大姐出嫁早，印象不多。

大哥属鸡，62 岁，身材魁梧，一双浓眉大眼闪烁着睿智的光芒。上高中时，每天早晨去 15 里外的学校时，总把早餐和午餐的“锅塌子”（玉米面饼子）给我掰下一块。高中毕业后，大哥当了乡拖拉机站的临时工。这期间，专门给我三四本会计出纳记账簿，让我当作写字用的草稿本。这是在教室里当着好多同学面给的，多么风光奢侈啊，成了我小学时段引以为傲的故事。我上中学时，大哥在乡农具厂当保管，早晚照管我的吃喝住宿。那几年，很是风光。1983 年，大哥学了驾照，成了那个年代人人羡慕的汽车司机。从此，大哥开车来去自由。大哥性情活泼，热心勤快，人情世故。开车来去如风，时常装着家庭紧迫的生活用品：面粉、柴火、煤炭、菜肴、沙石、木料、砖瓦、生活用水等。夏秋季，把父亲种植的西瓜、桃杏、笤帚、粮食等拉运出去。大哥的出现，给全家人带来意想不到的欣喜和收获，莫大的安全感。大哥是父母最实在贴心的助手，是全家人的信心和希望。父亲病重，母亲病危，大哥相伴身畔，寸步不离——屈指算来，车型七八种，我搭乘过的次数自然不计其数啦！

二姐，属鼠，60 岁。小时候，拿着五角钱报了名，却没有走进学校。记忆犹新的是，一次，二姐带回一围巾白面馒头，那可是珍品佳肴，分给我们吃。家里养着一群羊（10 来只），暑假由我放牧。一次，我正在山头放羊，突然下起瓢泼大雨，水流哗哗，吓得我不知所措，大声哭泣，不敢上山，更不敢下山。二姐拄着一把铁锹，冒雨冲上山来，硬是拉我一步一滑安然回家。还有一次，玩耍时，因为布鞋鞋底磨穿一个洞，我在跑跳时，脚掌突然扎进一块玻璃，血流满地，疼痛难忍。二姐听见哭声，跑来背我清洗包扎。1982 年包产到户后，二姐恰好 22 岁，协助父母操持农活，兼顾照管弟妹们，洗衣做饭，喂猪养鸡，撑起了全家的天空。很多事想不起来了，唯独这几件，记忆犹新，刻骨铭心。

二哥属兔，56 岁。高中毕业后，二哥出外学了几年木匠，后来去经营市场，又回家种地，侍弄庄稼。印象深刻的是我初三那个冬季，双腿膝盖忽然疲软无力，难以行动。二哥听到后专门来学校用自行车把我接回了家。二哥西固压河坝时，一次深夜 11 点多，路过我的宿舍，吃喝点剩馍，抹黑回家。二哥的性情憨厚，为人和善，从小到大的记忆中，从未与兄弟姊妹们闹过矛盾。

三姐，属马，53 岁。三姐自幼勤快持家，常常帮着妈妈洗衣做饭。可惜，三姐的命运不济，尽管上了高中，但因那时的教育质量及本地高中撤除等故，连一次正规高考也未参加，便辍学务农，操持家务几年，出嫁啦。

小妹属鼠，48 岁，文雅开朗。小学毕业后，替家里放羊一年，后又哭闹着去上学，初中毕业后，协助父母做家务，耕地种田，打点儿零工。

唯我幸运，师范毕业，自学大学汉语言专科、本科，在贫穷而热心的兄弟姐妹们宠爱呵护下，悄然长大，贵为人师，任教乡梓。

“谁知盘中餐，粒粒皆辛苦。”种地人辛苦，煮饭人辛苦。既知吃饭难，感恩心常念。蓦然回首，沧桑岁月。村落稀疏，炊烟迷醉，翻过篱笆的风，常与老墙的苔藓相撞，跌落的情韵里，成了菜畦里悠闲的鸡鸭，把清晨的太阳啄落。山风吹动季节的变换，翻过篱笆的风，常与老墙的苔藓相撞。村庄已塞满了老一辈的故事，旱烟袋氤氲的痴念，成了碾道中的昨天。

云鬓微霜，笑颜不改。现在，兄弟姐妹各自安家，忙碌着自家事儿，儿孙满堂，其乐融融。长哥当父，长姐当母；兄爱而友，弟敬而顺。但凡重大事儿，邀约兄弟姊妹相聚，一如既往，谈天论地，互叙衷肠。

兄弟姐妹们，辛苦了！

感念二姐

我们兄弟姊妹七人，二姐很辛苦。

我们兄弟姐妹里，二姐很特殊。二姐出生于 1960 年，属鼠，正是那个特别困难的年代，经历过不少饥寒，只是我不曾看见而已。1970 年，到了念书时间，二姐跟着小伙伴们去学校报名，欠了 5 毛钱的学费，然后父亲留下操持家务，顺便照管弟弟妹妹们（人口多，只能这样）。于是，二姐在懵懵懂懂、天真烂漫的年代，待在家里，喂猪放羊，做饭洗衣，收割庄稼，打磨扬场，操持里外。二姐每天看着同龄人上学放学，操心哥哥和妹妹按时到校回家。1975 年，人民公社组织“大会战”，抽调各村青年参加集体整平土地。正值 15 岁的二姐光荣地参加“大会战”运动，每天跟着本村队伍，步行十几里整田平地，挖山填壕，拉车运土。其间，二姐中午在食堂吃饭，节省下几个粗黑的馒头带回家，让面黄肌瘦、饥饿难忍的弟妹们吃些。

1982 年下半年，土地自由承包。自此，二姐成了家里的壮劳力：做饭洗衣、种地收割、喂养牲畜，和父母一起辛勤耕耘、栉风沐雨，支撑着一个九口之家的生计。正是二姐的协助，我们全家人不再受饥饿冻馁之苦，兄弟姊妹们勉力读书，3 人高中毕业，3 人初中毕业，特别是我，坚持读到师范毕业。

1985 年，二姐出嫁了。出嫁那天，父亲，母亲，我们兄弟姊妹们都很伤心，我偷偷地哭了。从此，心底里默默牵挂着二姐，想着将来若有机会，一定帮助二姐，以回报二姐父母般的深恩。

二姐家的生活状况一直不好，与我家一样，一穷二白，清汤寡水。后来，有了两个儿子，二姐相夫教子，辛勤劳作，操持家务。其间，我和三姐曾长途跋涉 30 多里山路，看望过二姐一回，为二姐捎去家里的瓜果。现在，二姐的两个儿子长大成人，考上大学，拥有体面的工作和固定不菲的收入。

今天，写出这些文字，是让兄弟姐妹们想想过去的岁月里，二姐曾有过的诸多努力。并且希望，我的外甥们明白，你们拥有一位伟大的妈妈。无论你们的妈妈多么唠叨，粗俗，不要在妈妈面前流露丝毫的厌烦。你们的妈妈，我的二姐，真的了不起！

说说八哥

我的家族 3 个爹 10 个儿子，八哥排行第八，是二爹的第 5 个儿子。八哥属羊，我属鸡，大我两岁，因此称八哥。

从记事起，我和八哥除吃饭睡觉外，早晚相伴，形影不离，是一对真正的好兄弟。我们一起给过年的猪拔草，上山放羊打鸟雀，去田间地头捡拾“呱呱牛”，闲暇时光玩游戏。当然，睡不着觉的夜晚就相约去偷杏子，或在大热天中午，到生产队的瓜地里糟蹋生瓜蛋子。

初中阶段，离家十几里上学，八哥是我的全部依靠。早晨五点多，天色黑沉沉的，我俩相伴向学校走去。傍晚时分，繁星满天，又一起踏月归家。好多次，因为担心迟到，我一人壮胆向学校走去，八哥顾不得洗脸吃喝，急忙追赶，一路上自然赔了好多不是。令人兴奋的是，后来八哥弄了一辆没闸（刹车）的破旧自行车，他把我捎在后座上，按时上学放学，一路如风。想想那时，真是奢侈，我俩竟拥有了私家车！

尽管我俩的学习成绩都不大好，但业余生活一直有滋有味、丰富多彩。印象深刻的是有一次早晨，因为“S”形盘道岘（途经学校的一段山路）坡陡路滑，八哥操控不当，“脚闸”（手闸把柄损坏，用脚控制）失灵，自行车超速超载，冲下四五米高的悬崖，我被甩出十几米远，几欲昏迷。八哥脸色蜡黄，汗珠滚滚，连声说，幸亏车把没有插进胸口。我俩冒了一次塌天大险，差点儿要了小命。现在想起事故，还心有余悸，若是当年老早报销小命，哪来今天撰文，浮想联翩。

我俩不在一个年级，八哥的学习成绩咋样，并不操心，只是一起按时上学、放学。升入初三,八哥到水阜二中高中读书，联系就不多了。那时，二爹全家移居至永登县树屏乡刘家湾村黑沟井社。八哥在水阜二中读书，星期六必须走 180 多里山路回家取馍，星期日傍晚赶往学校上晚自习。就这样，八哥坚持到高中毕业后回家务农，和弟弟去山里放羊。这一放就是十几年，我俩很少见面，时间就这样渐渐远逝。后来，我参加了工作，在家乡当了一名小学教师，置身于安静的校园，与孩子们打交道，难以顾及外面的世界。那时，信息不畅，书信不便，也就不敢想念童年好友八哥。

八哥结婚时去参加贺礼，远远望着英俊的八哥和新娘，暗暗祝福八哥，生活幸福。后来，八哥有了一儿一女，虽然苦累，也算安稳。谁知，两个孩子四五岁时，医生检查说八嫂是骨癌晚期。

闲暇时，时常想念八哥。

是一记，为我们曾经度过的美好和痛苦。

木匠二哥

正月十六,二哥锁好门窗，把一捆行李放在车厢，驾驶着“三马子”进城去了。

二哥是木匠世家。生产队时，二爹是木匠，为集体修理农具：耧、犁、耙、耱、锄头、木锨、扁担、筐、棒槌、架子车等，也为庄户人制作吃饭的桌椅、睡觉的铺板、放碗盘的厨柜、闺女出嫁的陪嫁箱等，大工程则是为人家翻盖新房。二哥是二爹的长子，继承了二爹的秉性和技术，只要他做过的木工活儿，结实耐用，顺眼滋润。全村人尊称二哥为“木匠师傅”，好饭好烟好茶侍候。有一套笑傲江湖的吃饭本事，二哥在村里乃至十里八乡很是吃香。

1982 年秋季，土地包产到户，二哥放开手脚，风风火火，承包了村里所有的“木活”，邻村人也来排队等候。

“工欲善其事，必先利其器。”二哥手中的斧头、凿子、刨子、木锯，崭新锋利，棱角分明。开工前，二哥画几张草图，考虑间架结构。粗料下完，框架刨光，上架组装，榫卯对正，精确到位。做木工时，我喜欢蹲在旁边捡刨花玩。需要帮手时，他让我扯住墨线一头，他握住墨盒另一端，把墨线拉起一弹，一条墨线“砰”一声显示在木面，然后顺线拉锯。二哥的嘴巴叼烟卷，眼睛对着木料斜瞄，一派内行老道。“粉丝”们前来参观，“家有良田万顷，不如一技在手啊！”在我眼中，二哥就是“鲁班”在世。

1996 年，村里来了几位浙江师傅，吃苦耐劳，白天黑夜不休息，承包了活，不几天就迅速完成，拿钱走人。不像本地人，需要主人侍候，“三顿五食”，外带茶水烟酒住宿。浙江人简单随意多了，不吃（饭）不喝（酒），几天工夫就可完成本地木匠一个多月的活儿，能够省下不少钱财和力气。

渐渐地，一年盖不了几院房，更不修理农具，大多家庭使用木器都去雁滩家具市场购买，经济实惠又耐看。

山风穿过寂静的深林，在苍茫的空中盘旋。初春，山里的天气，略带的一丝寒意直往人骨子里钻。想起过往种种，二哥眼眶一阵潮湿，撸起衣角擦擦，黯然地摇摇头。阳光下，二哥的身影渐渐消失在村口的路上，越走越远。工作的闲余，经常想起二哥做活的匆忙身影。

二哥，你在城里可好啊！

尕爸，是个乡村邮递员

尕爸（方言：叔叔），是一名乡村邮递员。

七八岁时，常见朴实憨厚的尕爸身穿绿色邮政服，骑一辆深绿色自行车，早出晚归。邮包垂在自行车两侧，鼓鼓地装满了报刊、信件或包裹。每当和小伙伴们说起，我的尕爸是一名乡村邮递员，很是自豪骄傲。

闲暇的夜晚，尕爸常来我家串门，和父亲兄弟俩抽着旱烟，喝着浓浓的茯茶，絮叨着工作状况、庄稼长势和亲戚村人近况。尕爸说，他主要负责我们乡党委政府机关、11 个自然村和学校的报刊、信件和包裹的发送。每天早晨整理好信件报刊，带上干粮从邮电所出发，一天大约转三四个村庄，四十多公里路，下午四点多安然回家，还可在庄稼地里操持一番。一周内把这 11 个村子转过来就行，不耽误事儿，星期天歇息一日，每月 15 元（5 元上交生产队，顶替一年工分）的固定工资。父亲羡慕尕爸有一份安稳的工作，特别是那份固定的工资收入。尕爸走后，父亲深情地对我说：尕爸这人老实勤快，因为读的书多，写得一手好毛笔字，被乡上领导看中，当上了邮递员。你要向尕爸学习，多读书，长大了一定找份有固定工资的工作。

尕爸家在我家前院，我常去他家转转，学几盘棋，借几本书看看。在我幼小的心底，尕爸拥有一份令人向往的工作，长大后我也要做个邮递员！

尕爸骑着自行车，翻山越岭，走村串户，走在山路上，英姿飒爽。后来，尕爸有了一辆“幸福”牌摩托车，风驰电掣，快意如风。

我参加工作后，尕爸调到县邮电局工作，分发报刊、信件和包裹。尕爸带着全家住进了县城的楼房，偶尔在亲戚邻居家过事（婚丧嫁娶）时出现。看见尕爸那和蔼可亲的身影，我寻机问候一声，呈敬两杯白酒，略表思念之情。父亲说，尕爸这辈子沾读书多、字写得好、人勤快老实的光，现在过上好日子啦。

四十年，弹指一瞬。这几年，我的工作调到了县城。上下班途中，经常撞见尕爸领着孙儿上学，寒暄几句。尕爸说，他 1974 年参加工作，刚好 18 岁，整整儿干了 24 年投递。24 年来，风雨无阻，家常便饭。尕爸笑笑说：“邮递工作虽然重复枯燥，可咱一个农村人，没有别的本事，哪能挑三拣四呢。自行车换成摩托车后，轻松多了。四十多岁转岗时，还舍不得呢。”

山水依旧，此情悠悠。尕爸今年 65 岁了，依然英俊儒雅，风采不减当年。尕爸说：退休在家，专门照管孙娃上学。这辈子当了一名邮递员，为了温饱，为了更好地生活，前 20 多年受了些苦，后边的岁月舒服多了，现在每月拿着三千多元退休工资，日子踏实着呢。

静心想想，眼前仿佛闪现一幅绮丽景象：风景秀丽的乡村小道，飞驰而来一个骑自行车的人。沾满晨露的双手，一只手握着风雨，一只手握着阳光。从春花烂漫到夏蝉鸣叫，从秋高气爽到漫天雪花，一个人静，一个人清欢，一个人喜悦。

初秋，送别达哥

流年婉转，指尖划过初秋的微凉。今天送别达哥，感慨颇多，留恋之意难以言表。

相伴前行，快乐多多。若一日不见，如隔三秋，惶恐不安。会议室里，聆听教诲，分享感动，形影相伴。操场上，各自做操活动。课间闲暇，团聚一隅，说说笑笑，其乐融融。中午时分，并肩等车，站成一道风景。上车谦让，比邻而坐。有时，则迎着晚风，结伴而行，说不完甜言蜜语。美好的节日里，总是温馨祝福或电话问候，偶尔夜深，诉说思念，直至没电方止。很是有过那么几次聚餐，无拘无束，欢愉多多。

时光在忐忑与甜蜜中悄然划过，一缕暖阳，一丝清风，方寸之间尽美景，点滴之间尽显温暖，勾勒出最纯净的快乐，美不胜收。

曾经，总有说不完的话题，以为尽快忙完一切，可以挤出时间匆匆聊叙。直到今天，工作调动，说走就走，你的笑脸在我的视线里不见，才明白，我们缘分已尽！

从此，我只能，孤军奋战。夜幕笼罩，送别达哥，也送别自己美好的年华。“劝君更尽一杯酒，西出阳关无故人。”总怕：“物是人非事事休，欲语泪先流。”识我者，达哥；赏我者，达哥；爱我者，达哥也。

“记忆的风，在流年里含泪微笑。”一场秋风一场凉。形单影只，山高路远，风餐露宿，怎不让人百般怀恋。衷心祝愿达哥，在新的工作环境，优雅高贵，尽展风采。既走之，则安之，闲看花开花落、云卷云舒，忙来勤耕细作、守望奋进。

花开相惜，花落相离，放手也是一种爱，至少，我们在岁月苍苍时回忆，留下的都是甜蜜和美好。无论荣耀或委屈，我们将永远坚定地站在一起。

千言万语，等你归来！

要走，就远走高飞
——中秋送别友人

一秋多雨，红意阑珊。忽然，要好的朋友调去美丽什川。

“人往高处走，水向低处流。”走就走呗，送别过太多太多朋友了，还在意一个、两个。预祝：顺风顺水，步步亨通！

“人走茶凉，人散情散。”时间会把一切遗忘得干干净净，只是一下子忘不了你曾带来的欢乐。在我最美的年华，你说：你人好，诚实纯朴，努力工作，我永远支持你。是的，是你，让我改变了从前的怯懦和卑微，充满自信和勇气，体验到生命的意趣，存在的价值。谢谢你，曾给过我那么多信任与支持！

说什么好呢，怅然若失。走吧，走吧，该走的走，不该走的也走，世间什么都缺，就不缺人。要走就远走高飞，别再让我看到那缥缈如风的身影，听见那清脆响亮的笑声。因为我总也挤不上提速的列车，更不能自驾把你追赶，只能遥遥眺望。

“天高任鸟飞，海阔凭鱼跃。”放心，芸芸众生，走个把人，地球运转，一切依然。只怕，你的离开，似乎遗失一件极其贵重的物品，心神不宁。那就封存这份有限的记忆，当作最精美的晚餐吧，让我们回到从没遇见以前。

“开弓没有回头箭。”新学期伊始，只能向前看。我必须热诚迎接远道而来的客人，度过自己 2019 年的孤独时光。该走即走，不管到哪儿，让生命出现奇迹，风采动人。

我俩在一起时，你说，人生总有太多无奈和遗憾，有人风风光光、红红火火；有人却悄无声息、卑卑怯怯。表面的雍容华贵代表不了内心的孤寂落寞，酣畅欢快的笑声难掩孤芳自赏的怜悯无助。相知 8 年，这已足够！

岁月荏苒，生命轮回，一年又一年。实在不愿接受，你已走这个既成定局的事实！

“繁花落尽时，夏天过去了，你却走了，让远道而来的我怎么想？大雁南飞时，甜枣红了，让走在半道上的我怎么想？”心与心最短的距离不是时时相见，朝夕相伴，而是一句问候，一个微笑，一个眼神；心与心最远的距离不是天各一方，海角天涯，而是撞到假装没有看见，站在一起无话可说。始终有人惦记着你，谢谢你，曾带来过太多的美好和憧憬。

若有一天，白发苍苍，耳聋眼花，颤颤巍巍。那时，我想，我会握紧你的双手，贴着耳朵对你慢慢说，别急，别急，天黑路滑，小心碰撞。还说，看看，雨下得这么大，哪儿也去不了啦！

“吾本无所有，赠君满川秋。一叶见冷暖，碧水悠悠流。明月伴君行，清风岂负卿。幸藏一壶酒，从春存至冬。雪花纷飞天，聊饮三杯否？相识三五人，哪个是知己！”

既去之，则安之。初见惊艳，相处美好，离别牵念。今天，去综合组转转，开朗的小秀说，想你得很，夜不成寐。我笑话她虚情假意，真诚的念怎会说出口呢！暗自庆幸，你的离开，也让我篡位男同事年龄之第二！

愿，时光不老，我们不散！

千言万语，珍重！珍重！！

第三辑　菁菁校园

悠悠榆师情

六月，看着又一届学生依依惜别的神情，不禁想起自己的四年榆师读书生涯，心湖泛起温馨的涟漪，氤氲着太多情思。

1986 年 9 月 1 日早晨，辞别父母，自行车货架捆绑着行李卷，转乘长途客车，远赴百里之外的榆中师范，踏上漫漫求学之路。一路欢悦却也不安，在榆中县城客车北站，接待新生的石老师登记了通知书，把行李抬到一辆写有“榆中师范”字样黄色宇通客车车顶。坐车人渐渐多了，皆是同一批次录取的同级新生，憨头鼠脑。中午时分，宇通客车载着三十多位新生，沿着县城至夏官营那条斑驳狭窄的柏油路飞驶。办妥报名手续，抬着行李找到学校东北角二楼 13 号宿舍，整理好床铺，便与刚熟识的同学聊起来。

榆中师范（简称“榆师”）位于榆中县三角城镇王家营村附近，是“专门培养合格小学教师的地方”（时任学校党支部书记开学典礼讲话）。大门端庄凝重，进门左右各列一排二层小楼，是老师办公室兼宿舍。前方 150 多米，是全校女生宿舍，这是一栋土白色红砖包裹的二层楼。女生宿舍右侧是一间可容纳约 600 人的大厅，用来聆听讲座、开展文娱活动，旁边紧邻着师生食堂和男生宿舍二层小楼。左侧是一年级至四年级的四排教室，侧门外建有几间停产的校办厂房、厕所和一间小卖部。我们班是榆师一九九零届 3 班，53 位同学（男 28 名，女 25 名），班级实行学号制。

师范一、二年级时段，作为一名学生，一切唯学校规章制度是瞻，循规蹈矩，安分守己，认真听讲，努力学习，孜孜以求：早操—食堂—教室—厕所—宿舍。记忆中：学校不收学费，免费发放课本、作业本，每月按时领取 31 斤饭票，24 元菜票，8 元（后涨为 11 元）现金补贴！一日三餐按时供应，一顿吃三个馒头（每个馒头四两）、一缸菜（洋芋疙瘩或莲花菜）也是常有的事；家住附近的同学若从家里带来一些咸菜疙瘩、锅盔馍馍、水果小吃等，便招呼伙伴共享。运动会期间，学校统一发放餐票，享受一份肉香四溢的红烧洋芋蛋。这期间发生过一件麻烦事，我的坐骑小黄凳不翼而飞，杳无踪影，无奈只得央求老乡“师哥”解决。当然，第一次离家 100 多公里远，想念家人的愿望极其强烈。

学校每两周安排一次全校性活动。诸如开学典礼、文学讲座、“说唱舞奏”四联赛、文艺汇演、书画展览、普通话演讲、科技制作、趣味游戏、猜灯谜、越野赛、韵律操、田径运动会、理化生晚会、茶话会、联欢会、颁奖会、参观夏官营氮肥厂、赴兴隆山采集标本、去许家台飞机场实践、毕业典礼等。我们班曾承办过一次全校性革命历史歌曲比赛（我负责拉幕布）、主办一场汇报演出。印象中开学一个月的典礼，同班俏丽女生一曲《上班》，声甜音美，备受瞩目，轰动全级。毕业前一次班级郊游，端庄优雅的班长率领全体同学，来到白虎山脚空阔场地，众人席地围坐，轮流表演节目。诗人才女小组长一曲《编花篮》，优美大方，清纯动人。

周六晚上，学生科干部在餐厅播放电影或录像。那几年，看过好多部电影：譬如《无敌小子》《风流女探》《天下第一剑》《笑破情网》《走过迷魂谷》《东陵大盗》《血洒天涯》《最后的罪恶》等。张艺谋导演、巩俐主演的电影《红高粱》给我留下了刻骨铭心的印象：恣肆汪洋的红高粱、野性强悍又羞涩内敛的九儿，为她的两颗小虎牙和甜甜的微笑痴迷。很长一段时日，校园里飘荡着“九月九酿新酒，好酒出在咱的手——”“妹妹你大胆地往前走啊，往前走，莫回呀头，通天的大路，九千九百、九千九百九啊——”苍凉雄浑的男高音。周末学生科也曾举办过几场舞会，只因腼腆，我未曾参加过。

榆师有一间图书室，藏书虽陈旧却很多，课外活动可随时借阅。只要看到喜欢的书，就被书中人物和情节所吸引，不舍昼夜，一览为快。至今记忆清晰：《山海经》《世说新语》《诗经》《爱的复活》《平凡的世界》《简·爱》《安娜·卡列尼娜》《静静的顿河》《死灵魂》等，被简·爱那双清纯的眼眸、自尊的品格所折服，也为美芳的不幸遭遇和痴情而感怜。

周末时光，舒适闲淡，几位同学相伴溜达。用菜票在小卖部兑换几包“五香葵花籽”、“油大豆”、一盒烟，甚至一瓶4元的沱牌酒，去小树林转转。学校东墙外是阔大的操场、庄稼地和林地，栽植着一些松柏、云杉等常青树。我们在树林里穿梭自如，选择一两棵云杉间隙，坐在坝塄上，谈天说地，评古道今。星期天的早晨，我们会沿着学校东墙外水渠向北走2里路去攀爬白虎山。赫赫白虎山，高耸阔大却不陡峭，山凹和山脚处栽植着野杏树、枣树。每到初春，杏花初开，漫山遍野，灿烂嫣然；秋季，则漫山遍野，层林尽染。屹立山巅，群山连绵，逶迤不绝，清风掠耳，心旷神怡。晚归时，顺即在苗圃称几斤低廉的苹果尝尝。

1988年秋季，我们已是三年级“老生”，班风开化，男女同学不再拘束羞涩，可以围聚在一起研讨习题，相约打打排球、乒乓球、羽毛球、篮球，甚或三五成群结伴散步。下午时光，还可赖在宿舍床上呼呼睡觉。同班有位女生冰雪聪颖，俏丽飘逸，不经意间总把目光停留在她的言行举止或一个明媚眼神上。

师范四年级，自由开放多了，学校成了真正的乐园。这个阶段，同学们由性格、兴趣、地域、友谊等因素自愿组合，形影不离，个别同学据说去谈什么“恋爱”，神神秘秘、“鬼鬼祟祟”。夜深时分，舍友们各自发布见闻感慨，并对班级女孩进行等级研判，那位娟秀玲珑的女孩最美。这期间，一位温柔可爱的女同学把 30 多张饭票，在晚自习后悄悄给我。

这个阶段的周末，往往跟着同学回家转转。一次，天色已晚，同学招呼我骑着自行车一同去金崖镇张家湾村逛逛，顺路捎上那位清澈澄碧的女生。六十多里路，顺山顺水，倏忽到达。朴素的阿姨迅疾端出一“馍”（“油护旋”）一“菜”（喷香的腊肉洋芋块）一“汤”（小米汤）的丰盛食物，热情的叔叔馈赠一瓶白酒。我们几位频频碰杯痛饮，酒香飘飘，谈兴浓浓。月色朦胧，一行 4 人，沿着宛川河畔徐徐前行。实习前夕，学校专门组织全级同学赴陕西“七日游”。班主任对全班同学分组，每组 8 人，4 男 4 女，反复叮嘱要求：一路关照帮助，必要时务必拉手前行，以防走失。这是一场刻骨铭心之旅，一路欢欣，心醉神迷，美不可言。归来，便去三角城乡孙家营学校实习。匆匆 40 天，500 多名学生列队欢送，依依惜别。返校后，自由活动，写留言册，收拾行李。1990 年 7 月 10 日早晨，我们皋兰籍 40 名同学把行李放在车顶，坐上“榆中师范”的客车，隔窗与榆中籍同学一一握手道别。那位叫小燕子的女生不禁“哇——”地哭出声来，惹得大家泪眼婆娑，珠泪滚滚。离别的美，美得令人心碎。从此，缥缈的榆师还演绎着那些浪漫的故事，家乡的村小却多了一位朴素儒雅的年轻教师。

细思榆师四年，“天桥”“水帘洞”“护城河”“小西湖”“都江堰”“快活林”“午夜小雨”“世纪冰川”——每每想起朴素随和、学富五车的老师，心底陡升敬意。记得有位副校长，知识渊博，凛然正气。更有那满腹经纶的历史老师，抑扬顿挫的语基老师，慢条斯理的生物老师，趣味盎然的政治老师，为人和善的音乐老师，谈笑风生的教材教法老师，腼腆内向的文选老师，娃娃脸灿烂的美术老师，年轻靓丽的实习老师。

师范时光，女生宿舍轻易不敢涉足。那是一个雪花飘飘的日子，同班几位女生召集一个座谈会，事先备置好瓜子糖块，开水茶叶，盛情邀约几位志趣相投的人聚聚。那是一个温暖的夜晚，我们坐在床沿，聊天扯闲篇，意犹未尽。以后也曾来过几次，寻求女生帮助，缝制被褥、取送物件等。

榆师同学，寒窗数载，朝夕相伴，努力共勉，情牵心扉：品学兼优，豪爽乐施，沉稳真诚，清秀俊美，聪慧睿智，桀骜不驯，凡此种种，不一而足。记得一位男生用“死去活来”理直气壮地造句：“我爱你，爱得牵肠挂肚，死去活来！”全班同学笑得流泪。“今当远离，白虎烟雨，华山绝顶，其可再乎？寝室夜谈，糟糠同食，亦算有幸。别则别矣，而今而后，幸则昼晤，不幸则梦中矣！”“人间之可爱，就在于它的有情有爱有牵绊。”“告辞，我曾爱过的人。珍重，珍重！白虎山下握别，1990 年 7 月 6 日。”

山水依旧，此情悠悠。三十年，弹指一瞬。一路走来，同学遍及榆中、皋兰及兰州市区，从教为师，从政为仆，奋然前行，桃李不言，下自成蹊。

“黑发积霜织日月，粉笔无言写春秋”。如今人到中年，月共一轮，天各一方，一别卅载。“天不老，情难绝，心似双丝网，中有千千结。”夏花绚丽秋叶美，此生原不算蹉跎；一段好景君需记，恰是榆师烂漫时！

悠悠卅载思榆师，魂梦牵绕念同学！

备注：1.“午夜小雨”：更深人静，男生尿尿，叮叮当当，此起彼伏。

2.“水帘洞”：女生宿舍楼道污水四溢，滴水不断。

3.“护城河”：夏秋时候，宿舍门前，污水横流，寸步难行。

4.“小西湖”：侧门外涝坝，常年积水，色泽黄绿，苔藓横生。

5.“都江堰”：东墙外是一水渠，宽阔通畅，用于浇地灌溉。

6.“快活林”：西南角林地，栽植云杉、松柏，草木葱茏。

7.“世纪冰川”：冬季，宿舍门前，冰天雪地，一片狼藉。

8.“断桥”：操场与围墙结合部为水渠，相隔一段横搭水泥条块。

同学，同学

1986年9月，来自榆中、皋兰两县城镇山村的53名懵懂学子，相聚兴隆脚下、白虎山前、宛川河畔，组成榆师1990届3班。从此，朝夕相伴，相守相依，寻梦校园。

初来乍到，天壤之别：灰容土貌，憨态可掬，威武神勇，文质彬彬，风度翩翩；小家碧玉，秀外慧中，温雅含蓄，天生丽质，亦不乏仙姿佚貌，玉树临风者，可谓十步芳草，钟灵毓秀，济济一堂。

学校经常组织开展各类活动。记忆中：一次越野赛，我班同学小芳获得女子第三名，小辉获得男子第十二名；万米复赛，小霞获双份奖；15届田径运动会，小军、小芳夺得男女100米短跑冠军；相声《未来世界》、小品《摩登服装店》质量极佳，分别获特等奖和一等奖；首届艺术节，小秀获得全校女子组障碍赛第一名；1990年7月4日，召开欢送毕业生文艺晚会，我班哑剧《还有一分钟》、小品《一个媳妇，三个婆婆》、舞蹈《现代霹雳舞》精彩纷呈、高潮迭起。

舍友们每次回家带来咸菜、馍馍、水果，总给大家分享。几年间，屡借自行车去同学家，浏览异地风光，受到“贵宾礼遇”，把酒言欢，品尝佳肴，兼或做点农活，拉灰土、割菜籽、拔麦子。当然，偶有为一言不合而相互埋怨，因药缸倒水而心怀芥蒂。一次，我们舍友 3 人一起洗衣，丢进水渠，但见衣裤布兜被空气胀满，在水流冲击下，竟如“黑白双煞”，摇头晃脑，笑傻路人！

四年时光，和女生接触有限。无非捎个信儿，取送个物件，从不敢正眼去瞧，有的甚或超不过 10 句话。即便前后女生，瓜葛也少之又少，用钢笔捣一下肩背讨教问题，侧身点拨一二。当然，那几位温婉清新、娟秀玲珑、大方质朴的女生，因着借阅笔记、研讨问题、纠正错题、参加活动、缝洗被褥、扫地洒水，也曾一起打过扑克，吃水果、糖块啥的，情谊浓浓，晚自习后还悄悄收获一份饭票，另当别论。于是，以为知己，心中牵挂，假期惦念。

同学来往，恰如姊妹兄弟。若有人生病或胳膊弄伤，全班同学依着充足理由，立即前来，端茶倒水，嘘痛问疼。有本事者，用自行车或架子车送往卫生院或县医院就诊，一波又一波匆匆奔走于王家营的沙子路上，小心呵护，寸步不离，还留下过傍晚至第二日早晨，4 人分吃一个小蛋卷的传奇。那时，同学间的过度关爱，其实比伤病更让人冲动得流泪。

傍晚时分，相约去校外田间小路溜达，三五成群，散散淡淡，漫无目标，信“脚”由缰，说说笑笑，情趣盎然。星期日，则在侯氏小卖部买几包油大豆、瓜子、山楂皮、一盒烟消遣。周六上午的时光，攀爬白虎山。满洼的杏花开了，如红云朵朵，娇妍清爽，一片芬芳。站在山巅，眼眸明澈，神清气爽，心儿辽远。

1990 年 5 月 13 日，学校组织全年级同学赴陕西“七日游”。火车向东飞驶，汉中平原，一望无际，绿意葱茏。陇西—天水—咸阳—宝鸡—西安，行程 1300 多里（1 里 =0.5 千米）。14 日，游古都西安：钟楼、古城墙、宋代碑林和魁星楼。15 日，细雨绵绵，一行 8 人举伞共步：鸿门宴—兵马俑—华清池（骊山）—半坡遗址，相携相伴，好不快活！鸿门一宴，浩气长存；霸王别姬，千古传奇；嬴政煊赫，凛凛威风；贵妃出浴，冰肌玉骨；兵谏亭，介石遭擒——八百里秦川文武胜地，五千年文化历史名城。16日，大雨瓢泼，小秀组长催令，吃碗馄饨，坐9路公交至红庙坡转21路到大雁塔。17日，参观“西安八办”，一起享受“粉汤羊血泡馍”。18日，乘火车到华阴县城，吃饱喝足，夜10点男女结对进发，登攀华山：一线天—千尺潼—云梯—百尺峡—天桥。山路奇险，悬崖突兀，怪石嶙峋，牵手同行，惊心动魄。早晨5点到达东峰，云海苍茫，红日蓬勃。而后，北峰铁牛台—中峰玉女祠—南峰炼丹炉—西峰劈山救母。清水样的人儿，举手投足，弯腰眨眉，惹眼入心。那时的那时，远眺的姿势很美。始信，世间有一种景百看不厌，一眼千年，相遇就是一个神话。望远镜铭刻身畔美景，照相机定格心上永恒，撒下一路欢喜！

实习期间，同学间互相看望。记忆中，两位女同学竟步行十多里前来探视鄙人，深受感动，特备一些草莓招待，津津有味，并且相伴送回。男同学也来过多次多人，这里就不费笔墨啦。

7月10日，坐车离校。短短四年，风雨同行，不敢说肝胆相照，荣辱与共，却也情投意合，心心相印！转身即天涯，从此是路人，只把一份不染纤尘的优雅打包，装订，存放，尘封……

时光悠悠，情谊依旧。抚今追昔，红尘纷扰，锦瑟年华，远望山是水，抬头情是岸。千帆过尽，穿过风，趟过雨，又绕个弯，心还恋着——那所学校，那间教室，那个宿舍，那些事儿，那群人儿——想起彼此，会心一笑。庆幸，你在，他（或她）在，我在，以及那一段清澈优雅的相遇还在。他日若逢，不要老去，莞尔一笑，翩若惊鸿，光亮如初。

好想好想打个电话，把这些意思说说，却总怕同学们笑话，更怕同学们没空儿接听。你要问他（或她）是谁？任尔想象，花开娉婷。反正，有些故事还没讲完，那就算了吧。

谨以此文，感念榆师一九九零届3班全体同学。

同学赋

时光煮雨，岁月缝花。同学相聚，执手攀肩，笑泪潸潸。

沧海锦波，卅载一梦。遥想当年，53（名）学子，豆蔻年华，少年懵懂，英姿勃发，痴心翩然。

校园生涯，“三点一线”：课堂风云，文雅端庄，谈经论道；课间小憩，嬉笑耍闹，窃窃私语；食堂开炊，洋芋烩菜，狼吞虎咽；运动赛场，昂首阔步，生龙活虎；联欢盛会，吹拉弹唱，轻歌曼舞；夜阑秉烛，争辩逗趣，意犹未尽；周日有约，徜徉小径，情扉慢叩；攀白虎山，杏叶簇簇，快意如风；偶访女舍，玉壶冰清，静水深流；临别留言，委婉缠绵，荡气回肠。俱往矣，数风流逸事，秋水望穿，巫山梦断！

陌上花开，情深几许。同学重逢，雪鬓霜鬟，啜饮漫聊，欲语还休。莫道天涯远，梦里总相牵。

呜呼，不胜唏嘘，是以记之。

备注：1.“三点一线”（教室—食堂—宿舍）。

同学，你好

——30 年同学初聚小记

金秋十月，天地灿烂。手机铃声忽然响了，拿起手机，竟是 26 年未曾谋面的同学小露。小露说：同学，最近还好吧，挺想你的，为么恁长时间不来看看，还怕羞吗？周末下来转转。我已邀约了七八人，就差你和他啦！听见那久远而熟悉的天籁之音，不禁怦然心动，喜出望外。

“换我心，为你心，始知相忆深。”遥想当年，一群少年男女，懵懂青涩，英姿勃发，寻梦榆师。同窗四载，朝夕相处，欢声笑语，情同手足，亲如姊妹。岁月催人，一别天涯，奔波忙碌着，不再联系。想起那熟悉的一张张笑脸，曾经的一幕幕过往，心底充满柔情和暖意！

10 月 1 日下午五点，和风轻抚，霞光灿烂，阔别 26 载的 28 名男女同学，陆续抵达某宾馆，一见如故，双手紧握——声声同学，直呼其名，你还是从前的你，我还是原来的我，她风采依旧。觥筹交错，其乐融融，说不够当年的那人、那事儿。今夜，不说生意，不谈名利，不管地位，不论美丑，酒不醉人，同学自醉。

2 日早晨，吃过牛肉面，一行分乘轿车，直奔“榆师”。一路风光，美不可言。大门或许就是原来的，古朴厚重，慈祥温和，只是挂牌为“兰州市公安局榆中县强制隔离戒毒所”。威严的国徽阻挡住渴望进入的步伐，无之奈何，我们徐徐绕行。院墙高耸，铁网森严，岗哨林立。隔墙隐约看见当年的教师办公楼、二层男生宿舍楼，亦如原来样貌。女生宿舍“筒子楼”位置，一马平川，空旷寂寥。驻足教室附近，点点滴滴涌上心头：优雅澄澈的同学们端坐听讲，窃窃私语，会心微笑——漫步操场，触景生情，久久徘徊，感慨良多。

绿水长流，青山不老。上午 10 点，秋阳明媚，一行抵达白虎山脚。缓步流连，漫洒欢欣，杏叶簇簇，漫山碧透。风过眉梢，梦过嫣然。这个秋天，素雅，从容——你在，我在，她在；那些过往，也在。

从白虎山下来，已是午后 1 点，同学们歇息片刻，驱车赴县城拜访班主任邸老师。拎着一份厚重礼物，踏进榆中县这片雅致而秀美的小城，穿行宽敞的西环路，徜徉碧翠的南河畔，漫步繁华的兴隆步行街，鸟语花香，亭台楼榭，雕塑林立——看见我们，邸老师激动不已，一个劲儿询问诸人工作生活概况，颔首赞许。听闻文选老师仙逝，黯然神伤，唏嘘不已。告别时，邸老师再三挽留，无语凝噎。

“相知无远近，万里尚为邻。”一天多的牵手聊叙，说不够校园生活、离别后的点点滴滴，开心、激动、亲切。感叹，那是多么美好的一段纯洁、灿烂、浪漫的时光。

暮色霭霭，依依辞行。拥抱，握手，道别，泪花闪闪。在小露的雅阁车畔，同学们合影留念。漫漫人生路，携手共走过，天涯各珍重，何处不相逢！

时光无言，人生不老。同学相聚，不只为牵挂某人，也为缅怀人生那些曾经的美好和纯真。衷心祝愿同学：一生平安，吉祥如意！

本以为同学相聚，南柯一梦，不想今日实现，顺作此文。

四载同窗，一生同学
——榆师一九九零届三班同学再聚记

这事儿该从11日下午4点酝酿，“班长”发来短信：18日（星期日），燕女出阁，恭请同学参加。想来，此赴榆中，必为全班同学相聚盛会。于是，期盼早日到来。

18日晨，和风轻抚。9：30，电话中，小俊信誓旦旦，得意扬扬，10：00准时出发。

9：50，出门即与小俊说笑。小莲来了，笑意盈盈；小彩来了，秀发娑娑；小军“八”字步悠然自得。小莲喜悦地说，有些人今天可以见到小露啦！小朱、小琪、小科来后，众人乘车出发，直赴榆中。车子在高速飞驶，内心欣喜，自不可言。

很多年了，榆中这块山清水秀、钟灵毓秀的地方，刻骨铭心，心驰神往。四年的师范生涯，像一支清远的牧歌，寂寞而又悠远，那曾有过太多的美好和欢乐，依然留着青葱的痕迹。想到小露，情不自禁，心“怦怦”乱撞。不需要想起，因为不曾忘记——印象中的小露，美丽如蝶，清澈温暖。

车子驶过东岗坡，到达定远镇，连续穿过“和平”“定远”“兴隆”三个隧道，进入“榆中盆地”，一马平川。路过母校“榆师”旧址，云遮雾罩，朦朦胧胧。小俊提议驻车看看师范，我等异口同声。原来，怀恋“榆师”的情结大家都有啊！

从夏官营返回，小俊引路进入高墩营——他曾实习过的旧地，转了一圈儿后经过王家营，倏忽来到“师范”门口。

学校门口雪水交融，泥泞不堪，一片狼藉。原来的大门已经拆除，更换为电子移动门。两侧二层办公楼正在翻盖，破破烂烂。正面女生宿舍楼位置，一栋三层灰楼。左侧礼堂位置，蜕变成一栋四层新楼，已然不见当年样貌。唯门口土地，条块分割，阡陌交通，茅草簌簌，一如当年。小军提议看看操场，不知啥样了？砖路泥泞湿滑，车子顺着椭圆形围墙向西拐弯，原先厕所位置，几间平房，破旧裂口，影影绰绰疑似当年旧物。来到操场，几栋小楼挂牌为“××党校”字样，操场侧畔的松柏、云杉等小树林荡然无存。围墙与操场结合部约两米宽的水渠，几株柳树在寒风中耸立，分明就是当年样貌，丝毫未改。东北角宿舍小二楼，窗户破陋，我们男生13、14、15、16号宿舍赫然挺立。

远处，巍巍白虎山，莽莽苍苍，安静静谧。想起当年刚入学时，和小学转到山脚，一位本地老人说：“人生一世，草木一秋。你们是优秀人才，好好学习，前途无量。”不知小学曾记否。遂想，越明年，春暖花开，邀约小露等同学，再攀白虎山。

光阴似箭，岁月如歌，恰同学少年，风华正茂。32年前，我们在这里邂逅。教室，朗朗读书；操场，欢呼雀跃，欢笑奔跑；食堂，争先恐后；宿舍，睡意阑珊，酣然入梦。四年后，依依不舍，天各一方，以念暖心！

王家营的沙子路，虽然嬗变为水泥路面，路形地貌未改，崖畔房屋，素朴凝重，似曾熟识。途经三角城，说起吃过几次的刀削面，小周自行车捎丢同学的事，不免唏嘘。顺路上行，过了周前，十分钟车程，来到“兴隆山自然保护区”门口，进入“栖云阁生态园”。

“栖云阁生态园”，依山傍水，翠峰叠嶂，林云相映。此时，偌大圆桌，同学团坐，欢声笑语。方正的小亨、清丽的小霞、热情的小民、爽快的小辉、憨直的小勇、平和的小青、朴实的小华、温婉的小萍、喜庆的小燕，豪爽的小祥姗姗而来。接着，小德、小娟、小英、小玲、小清、小红、小梅、小锋、小惠、小艳、小昆、小宝、小秀、小杰、小兰、小富、小宇，小玫、小宏、小宁、小东、小芳、小代、小举、小许陆续报到。一张张秀丽光洁的面容，珠圆玉润，娴雅淡定，俊俏秀柳，风姿烁人，挺拔如山，眼里写满故事，脸上却不见风霜，回眸一笑，清扬婉兮。

顿时，男女同学，一见如故，直呼其名，举杯畅饮，觥筹交错，欲说还休，其乐融融，不亦乐乎。一声老哥，热泪盈眶；几句小妹，情深意长。这是一群风流倜傥、玉树临风、仙姿佚貌、靓丽动人的小伙和黄毛丫头，相互间说话脸红的同学！一别数载，今朝相聚，宁不相识，微微一笑倾城！尤其小霞，左“莲”右“萍”，滔滔不绝。小华肆意浏览群芳，毫不怯羞。小露闪动着清澈的双眸，“媚眼含羞合，丹唇逐笑开”。

热情的主人准备了丰盛的宴席，八凉八热、八荤八素，色味俱佳，琳琅满目——凉拌卷心、三丝抱豆、富甲天下、清炖羊肉、三味鸡排——佳肴美味，菜香酒酣，空气中弥漫着浓浓的清香，回味无穷。

宴席方罢，同学们三两成行，漫步林间，轻轻聊叙友谊、真诚和美好。抑或牵手攀肩，顾盼生辉，婀娜娉婷，羽衣翩跹，以同学为伴娘，合影存念，留住年轻、欢乐和爱。凭谁问，盈盈一水间，脉脉不得语？只为，情深于水，爱重于山。

山水依旧，此情悠悠。红日西坠，小露把娇俏温热的手偷偷递给我，含笑凝望：没有无缘无故的重逢，我们总是那么青涩而单纯，简单而快乐。那年曾泪眼婆娑的小艳，眉眼含春，站成一道饱满坚定的金色风景，向同学们暖暖道别。这个冬日，时光停留，岁月定格，惊心动魄，激情澎湃，笑语绵绵——“醉翁之意不在酒，在乎同学相聚之乐也！”

认真想来，我的同学，这群来自村镇的小孩，寻梦榆师，“修炼”四载，终成正果。为公者，执掌财政、为民执法、保水护土、人事分配；执教者，大学引领、国学传播、图书博览、名师特级、中高考辅导——最美：小学老师，不忘初心，童真烂漫。

青青子衿，悠悠我心。活动结束一月，微信群依然欢声笑语。小露感慨：“同学聚会：亲！乐！每位同学都是亲人，心情那叫一个舒畅啊！再不相聚就老啦！”一个优秀的人，值得等待。一群有爱的人，不言匆忙。相信，下次，你来，我等。浅喜深爱，心随花开。“母校一别三十载，停车细看已变样。忆昔年少同学时，今又重逢笑甚欢。兴隆山下雪茫茫，栖云山庄暖融融。白虎山下四年缘，已成一生不舍情。”（小俊即兴赋诗）

寥寥几行文字，回来动笔，至今定稿，认真写，静静读，一次又一次继续你、我和他（她）的故事——装订在岁月的素笺上，打开，全是美好；封尘，皆已倾城。

四载同窗，一生同学！

苑川河之恋

——金崖镇、陆家崖村记

2 月 10 日早晨 8：00，同学小俊电话催促，速到楼下，即刻出发。

伴着王紫菲优美动听的《中国好姑娘》，“哎呀哎呀，全天下最美的花，开在我家乡，娇美的红脸庞，东方茉莉香，人美歌声亮，情深意又长，青山青，那绿水长——”聪慧绝顶的小军驾轻就熟，“SUV”在“白兰高速”向榆中方向平稳行驶。

纵使，岁月荏苒，凉了烟花。别梦依稀，青春不老。对于榆中，心底一直怀一点感恩的灯火，充满了无限期盼。学生时代一去不返，记忆美丽而隽永，同窗情怀拂润心灵。今天，带着一袭轻梦而来，只想告诉你，依然是我心中最俊秀的模样。轿车越过黄河、和平，驶出定远，左拐进入 309 国道。举目远眺，一马平川，银装素裹，天地一色，静谧素雅，温婉动人。

10：20，一行 5 人，到达金崖镇小伟同学家。小伟感动于我等来得太早，握手寒暄、端茶倒水、递烟敬酒。一会儿，兰州同学小辉、小惠、小梅报到。接着，小祥、小林、小勇、小华、小宁、小英、小玉、小芳、小玫、小玲等第三拨同学到来。同学们一见如故，玉树临风，优雅从容。在小伟等引领下，沿着苑川河畔，徐徐前行，开始了小镇之旅。冬日的街道，欢声笑语，激情荡漾，暖意融融。

“苑川水地，龙马之沃土。”苑川河，是黄河一条支流。据考证，一万五千年前，河畔原始先民繁衍生息，上古为羌、戎之地，后被匈奴占据。汉代时，水草丰美。宋代至元代，西夏党项族、金国女真族、元代蒙古族先后占领——这是一个曾经养育过一个族群泣血与浪漫、悲欢与壮烈的家园。博学多识的小伟滔滔不绝，金崖镇是古丝绸之路的重要驿站，国家历史文化名镇，有“苑川翠玉”的美誉——曾几何时，商贾云集，百业繁盛，日夜驼铃，鸡鸣犬吠。这里，民风淳朴，物华天宝，钟灵毓秀，地灵人杰，遗存丰富，辉耀苑川。

我们驱车来到位于金崖镇老街道的三圣庙（即关帝庙、马三庙、火神庙）。雕刻着花纹的圆柱油漆斑驳，木纹隐约可见，“悬斗两步彩”，拱棚握阁（角），两端高翘，工艺精妙，雕刻着鹿与麒麟。接着，来到炳家湾周家祠堂，院落坐北朝南，前后两进式布局，正门一座，边门两座，北面三间大殿，全木装修，“窗比门大”，是供奉、祭拜周氏列祖列宗的地方。小伟介绍说，这是兰州最气派的院落，一间房屋，合理布局着地罩、照壁、土炕、方桌、玻璃外罩的小屏风。洗尽铅华，曾经的容颜被岁月雕凿出深深的皱纹，朴实稳重里弥漫出苍凉厚重的韵味。不经意抬起一看，悠远往事扑面而来，诉说着逝去的漫漫岁月。断垣残壁，沧桑荒凉，本是一种美！

走过“四合院一条街”，来到金崖水烟作坊，香味浓浓，工人们正在手工压层，推平，切片。兰州水烟，纹路清晰，芳香醇厚，蜚声中外，当年便得张家湾同学相赠两条，呈敬我家父亲。一伟说，金崖镇最出名的是“七月官神”庙会，现被确定为甘肃省非物质文化遗产，是家乡父老文化娱乐、集市贸易、相亲联姻的民俗盛会。七月至八月，十里八乡，车水马龙，人头攒动，熙熙攘攘，载歌载舞，热闹非凡，规模壮观。可惜，今天看不到，有些遗憾。

循着宽阔平坦的街道，行走在这样一座洁白无瑕的小镇里，走马观花，目不暇给，赏心悦目，心旷神怡。依依古道，长亭落日，充盈着浓情蜜意。天空很蓝，雪，依然纯白。

傍晚时分，斜晖脉脉，同学们一行 30 多人进入陆家崖村。白墙红瓦，村容整洁，户户张贴对联，悬挂大红灯笼，小学、卫生院、健身小广场，遥望凤凰山、黑牛山，云雾缭绕，莽莽苍苍。

慢慢地走，轻轻地叙。清纯靓丽的小秀同学说，我的家乡是一个 260 多户、1000 余人的小村，民风淳朴，尊老爱幼，乡邻和睦。春夏秋冬，气候宜人，山峦秀美，河水清澈，鸟语花香，悠然恬静。

既来之，则安之。一群白衣少年围坐在农家屋圆桌旁，吃着朴素的揪面，品一杯清茶，打开酿了多年的桃花酒，娓娓叙说别情离意，毕业分别后，再也没有聚得这么齐过——小秀屡次斟满醇香的酒，双手奉敬同学手心。涩涩怀念，轻柔感慨，风烟漫卷，深情如昨——庆幸，山在，树在，雪飞，岁月在，真情在。缘分的种子，在泪光里发芽；湿湿的情怀，随雪一起变得洁白。让遇见的遇见，让别离的别离，将所有的美好铭记，任岁月翩跹觥筹，期许五月，什川花开的明媚，重逢。寒冬已尽，春来人间，站在宛川河畔，小秀纤手挥挥。

一笔情浓，一语花香。为了那份真诚，且将这生成的念，凝于笔端，镌刻成生命里最温馨的故事，放在心田。

备注：1. 苑（yuàn）川河。金崖（ái）镇、陆家崖（ái）村。

七月，又见马兰花开

在榆中，有很多美：美丽的同学，美好的故事，秀美的风景，而在这山清水秀之中，有一种美叫马兰花开。

——题记

周末的午后，同学微信相邀，远赴高崖聚聚。

7 月 13 日，我们一行驱车一百多公里，来到榆中高崖的沿川湖。榆中同学，如约而至，恰逢其时，倾心相悦。

相逢一笑，情深不迁。同学并排站在湖畔，蓝天白云，风娇日暖，草木葱茏，清水漾漾，心旷神怡。牵着冰清玉洁、明丽如水的手，激动而羞涩。重逢，邂逅了梦里的故人，乍然诉说着这久远的离别与重逢。原来，这世间的美好，都以秒计。真没想到，榆中南山，竟有这么一片 10 平方公里的沿川湖。

一路向北，欢歌笑语。走在美丽的山路上，新营、小康营，云雾缭绕，青山绿水，层层梯田，蓬蓬勃勃，小桥流水人家。驻车浏览，沟谷间，遍野盛开马兰花。马兰（也叫马莲）是草也是花，青嫩的茎上几只彩蝶翩翩蹁蹁，一尘不染，亭亭玉立。马兰，今天，我又一次走近了你。

和君初相遇，胜似满庭芳。我藏不住秘密，正如藏不住看见你的喜悦。30年来，遥遥相望，思念如莲。每逢忆起，一种微微颤颤的感觉，始终占据着情怀，点点滴滴温润了流年。嘘，这不是在梦里，而是真实的心底。

看着朴实无华的马兰，忽忆榆师读书时，同学们跳皮筋的情景。但见双脚翻飞，纤手拍拍："小汽车，嘀嘀嘀，马兰开花二十一，二八二五六，二八二五七，二八二九三十一……"声脆音美，纯真灿烂，令观者痴醉。我的马兰，就在那时开花了。

摘一朵马兰，暗自欣喜："马兰花，马兰花，风吹雨打都不怕，勤劳的人在说话，马兰现在已开花！"小俊即兴唱起《兰花花》："青线线那个蓝线线，蓝个英英的彩，生下一个兰花花，实实地爱死人——"我看见他眼里有一丝晶莹闪过，害得我心里酸酸的。

"盛夏的风是甜的，遇见最美。"说这话时，小兰一副憧憬陶醉的样子，眼睛里燃烧着光。顿然有一种感觉，我们来了，就是不放弃，就是要登顶。不怕，美好的故事，曲折的情节，珍贵的友谊，会随秋风散场。

阳光暖暖，溪流声声，杨柳青青。你在山上看风景，看风景的人在山下看你。你看，马兰花，都开好啦！挤挤挨挨，不管不顾，直艳到人的心里，嫣然了整个夏天。想见，还能重逢的人，总是认真且珍惜。

七月，遇见马兰，终是一场缘。

一方红手绢
——记孙家营学校实习的故事

1990 年 5 月底，我们一九九零届学生开始实习。带着行李乘“宇通”客车来到孙家营学校，我担任初二（乙）班数学老师，主管班级一切事务。

初登讲台，忐忑不安。课前做好备课，把教学流程和习题答案备注在教本里。这样，每天认真上课，课后研究习题，仔细批阅作业。一周后，我们关系融洽，相处甚好。

实习期间，校长特意临聘一位乡村女孩做饭炒菜。那女孩衣着朴素，面容秀丽，勤快利索。只是，火炉不给力，关键时刻，浓烟滚滚。我就帮她拾掇火炉，掺加一些劈柴，同学小梅帮着炒菜、捞面、揪面片。做饭的间隙里，我们就说几句话。乡村女孩羡慕地说，我们的命真好，毕业后就会成为光荣的教师。

孙家营是三角城乡的一个普通村庄，地势平坦，渠水潺潺。恰值初夏，麦浪滚滚，油菜开花，玉米青翠。晚风徐徐，丽萍、宗淑、晓洲等同学簇拥着我沿路溜达。我们娓娓聊说生活、学习和理想。站在碧绿的山坡，微风中散发着泥土的清香。

星期天时，高墩营实习的小宝同学骑车来看我。我们喝茶谝传，还学会了抽烟。又一周，小琴、小霞徒步而来，令人感动。我去村口买些草莓、瓜子，说说笑笑。同学相知，总是温暖！

实习期结束，我勉励同学们，努力学习，争取考上师范。我在黑板上写下："相约十年，华山论剑，不见不散。"建伟激将地问：华山论剑，说话算数？我庄严承诺：为人师表，一言九鼎。同学们纷纷留言告别，我把家乡地址留给了他们。欢送会上，孙校长说，同学们工作踏实，认真负责。那位乡村女孩送给我们每人一方红色小手绢，说了几句送别的话，忽然哽咽着跑出会场。唉，女孩的心思谁能猜得透呢？

恋恋不舍地锁住宿舍门，我提着简单的行李来到学校门口。恰是放学时段，数百名学生围在车畔，泪意阑珊。客车出发了，同学们挥手道别，恋恋不舍。那情景，堪与"十八相送""长亭相别"媲美。40天时间，我与同学们结下了深情厚谊。祝福同学们，学业有成，一生幸福；更希望那位秀丽的乡村女孩，吉祥如意。

七月初，我毕业回到家乡，成为一名小学教师。后来，陆续收到丽萍、宗淑等同学的信和照片。弹指间，一别卅载。总是渴盼，重逢同学和那位秀丽的乡村女孩，谈学论谊，华山论剑……

停脚回眸，山儿依依，水儿清清，心儿暖暖。

有一种纯真，称作小学同学

——我的第一届小学同学会有感

2015年1月30日，四海宾馆，20多名小屁孩，团聚一起，围在我身旁，述说二十多年的悲欢离合。这个冬末，惊心动魄，笑语连连，雪花飘飘——这一晚，在霓虹灯闪闪烁烁中，同学们优雅高贵，笑靥如花，灿烂一片。重逢一笑，感动彼此，俊俏秀柳，挺拔如山！

1990年9月的一天，我怀着忐忑不安的心情，走进中心小学，担任五年级语文教师兼班主任。从此，我和一帮山里孩子走在一起，他们尊称我“老师！”

打开尘封25年的时光柱，穿越到1990年9月，定格了一段至真至纯、至善至美的传说，历久弥新，醇香绵远。秀，长衣飘飘，恬静圆润的脸庞上满是自信与骄傲；玲，当年瘦弱单薄的“学习委员”，一身戎装，秀发婆娑，从容淡定；萍，白白胖胖，口齿明晰，流畅的普通话证明“真爱永恒，同学免费！”英，这个高个儿女孩，单纯友善，热心真诚；梅，一切未变，孩子中学即将毕业；花，亦如当年，憨态可掬；孝，稳重地说只有他（班长）才有资格保存着一份点名册；敏，珠圆玉润，笑语连绵；霞，医院少来，来了可悄悄找她；冲，没啥说的，就两辆车跑跑运输；慧，宏论村里军国大事，燕、彦、军、和、荣等，切磋酒艺拳术——岁月沧桑，世事变迁，25 年，弹指一瞬。这群大山里的乡村小孩，原来除了领着小狗、拔草、放羊、掏鸟雀、跳皮筋、踢毽子、盖房房、摘桃子、卖瓜果，还会走进大城市里，做服务生、卖服装、跑出租、管销售、发电脑、当经理、称老板，甚至“老总”。几经风雨，历经磨难，摸爬滚打，他们娶妻生子、贵为人妇，购置小车，三星、苹果、索尼手机随处可见。窗外，雪纷飞。山水依旧，此情悠悠。今夜，许我喝醉，因为，我是他们的小学老师。这一天，时光停留，岁月定格，欢乐永恒，幸福绵远。

暮色霭霭，笑泪潸潸。陌上花开，情深几许。同学重逢，啜饮漫聊，欲语还休。莫道天涯远，梦里总相牵。

衷心祝愿同学们：新春吉祥，万事如意！

桃花缘

“杨柳千寻色，桃花一苑芳。风吹入帘里，惟有惹衣香。”

——题记

1994年9月，我调到乡属中学，担任初一（4）班班主任，成了40多名桃乡子弟的老师。学校生活艰苦，偌大的食堂竟无法为师生提供一日三餐的饱饭。就着那干冷生涩的饭食，凑合度日。学生主食多为自备馍馍和“康师傅”，几包咸菜也是奢侈的浪费，连续几天难见一杯热水。怀着对未来的憧憬和向往，同学们专心听课，认真学习，指望成绩提高，顺利升学。

为着课堂纪律安静，减少不必要的说话吵闹，老师安排男女同桌。那时，男女同学泾渭分明，水火不容。男生若不小心胳膊肘碰触女生，脸庞立马红透了；女生面对男生，从来冷若冰霜。我班有位叫桃花的女生，高挑的个儿，面容清秀，冰雪聪颖。她个性很强，干脆利索，稍有冲撞，不依不饶，众人敬而远之。但，桃花同学对我，恭顺有加，言听计从。我安排她担任班长，维持纪律，分发作业，抄写测试，协助我处理班级杂务。

恰值桃子成熟季节，傍晚时分，漫步田野，十里桃林，蓬蓬勃勃。部分走读生的早餐就是书包里的鲜桃和馍馍。好多次，我的第一节语文课讲桌上，早早儿摆置着一枚鲜桃，芳香飘逸，白里透粉。反复询问，始终无人应答。

1997 年 9 月，我调离了这所学校，也离开了家乡。“春风十里经年过，笑靥桃花杳无痕。”当时，没有电话，信息不畅，交通不便，一切渐渐荒芜。我和这班同学失去了最美的联系，只牢牢记住那一张张桃花般的脸。2003 年暑假，路过原中学，逢人打听，无人知晓，怅然而回。后来的后来，自顾无暇，音信皆无。逢人寄语问桃花，春残吹洗落谁家。从此，匆匆来去家乡，只看见故乡的桃园，在深秋的寒风中瑟瑟飘零、衰落！

桃李不言，下自成蹊。2019 年 9 月，忽被一个叫“山桃花”的人拉入“九七届三（4）班”微信群。“老师好，同学们都很想念您！”“那时年少无知，全班同学只有爱你之意，没有恨你之心。”一下子被一群似乎熟识却又陌生的群友围住。

青山绿水说：“庄稼人的打驴——实打实。看见老师，忽然有很多话要说，往事又一幕幕出现在脑海里，那可是一段流金的岁月呀！今天，我们终于聚在了一起！我的工作没有地域性限制，如果说来，我会随时拎个笔记本过来看你，真诚邀约喝杯清茶，顺即说说那年桃花初开，你——”

新语说：“老师，还记得我吗？我是您的得力助手、课代表，经常帮你抄黑板作业呢！您对我们挺好，时常梦见老师您，很温暖，每天语文晚自习结束，总是舍不得离开。真的挺想念您，刚考完学那会，曾给你多次写信——”

达儿说：“漫长的人生 40 年生涯，若像捡贝壳一样，拣出一颗最特别的，那便是老师你。和蔼热情，真诚善良，呵护有加，现在就这么对待我的学生。老师，我也当老师啦，这是你教给我的一个倒装句！”

江江说：“今晚的老师，肯定和桃花在一起，说说笑笑，其乐融融！

老师，你永远是那个我心目中的好老师！！”

小红说：“老师，你好，有个叫桃花的姑娘很想你！这一想，想了整整 23 年！老师，是你，让我记住了我那清贫而美好的青春。”

摇曳的狗尾巴花说：“老师，你啥时来兰州，啤的、白的、红的，管你个够，而后，咱们再细细算算那时候的账！”

小业说：“老师，你是个有温度的人，当着同学们的面，说道说道你的那些温暖动人的故事。”

云云说：“老师，还记得我不？一个瘦弱矮小、轻言细语的乡村女孩！”

花花说：“老师，为你提水扫地的还有我和兰兰呢！”

珍珍说：“老师，你该不会忘记叽叽喳喳、喋喋不休的我和尕梅吧？”

连续几晚，同学们口口声声：“老师！”心里甜甜的，舒畅痛快，神清气爽。20 多年竟被如此一群人恋顾，默默牵念。其实，我何尝不是一样呢！多年来，百般怀念，真不知道你们都去了哪儿？

“酣酣桃始花，灼灼粉面笑。语言虽未通，精诚默相照。”人性本善，纯如清溪流水，凝露莹烁。欲望与情绪如风沙袭扰，把原本如天空蔚蓝的心蒙蔽。但，我知道，每个人的心灵深处，不管乌云密布还是阴郁苍茫，依然有一道彩虹，亮丽于心中某处。不管结局如何，回想起来，嘴角总会挂上笑意！

生命的长河中，有些美，昙花一现；有些人，念念不忘；有些事，坚持了很久；有些愿望和梦想，终会实现！泰戈尔说：不要着急，最好的总会在最不经意的时候出现。雪小禅说：我来这一世，不为别的，只为贴着很多温暖，而这温暖里，一定有很多好光阴，让我醉，让我疼，让我一生，不忘记。日子，不求泛着光，只愿浸着暖。青山绿水说：身高不是距离，年龄不是问题，心态年轻，乐观向上，还能有爱，才是我们的所念。

尘埃落定，洗尽铅华。相遇，花开娉婷；相念，别样美丽。春暖花开，鸟语花香，寻一处桃林，沏一壶淡淡的清茶，邀约想念的人，远离城市的喧嚣，慢慢回忆从前的美好。风吹叶影，扑朔迷离。优雅的桃花轻轻说，当年，她每天晚上挑拣家里最大最美的鲜桃，装在书包里。第二天早晨摸黑到校，偷偷地放在讲桌上。而后，怀着“怦怦”的心跳，渴望老师看见并一口一口吃掉。可惜，老师却碍着脸面，从来不问桃子用意，下课时又懒得带走，全被那些寡情薄意的馋猫们分享。抬头，一树桃花开，目光清澈，恬静清秀，嘴角轻扬，巧笑嫣然。

月儿弯弯，风儿柔柔。那些年，太匆匆。而今，当年的帅哥靓女们如一颗颗明珠，在城市里，以不同的方式闪烁着各自的光泽，不乏浪漫与激情，却也陡添了几分沉重与沧桑。

茫茫人海，芸芸众生，做一个有情趣的人。不怕说错、做错什么，就怕一本正经、装腔作势，更怕一脸冷漠、目光呆滞、了无生趣！当岁月平定了激情，平淡替代了浪漫，我们学会了珍惜，包容，释然！

原来，生活是一种努力，所有的美好，只在耕耘中收获。铭记他的善良，再别算他的账。我们怀恋的不仅仅是同学，亦有自己的青春岁月，更有那迷茫的日子里被人痛惜的感觉，和一个可以见证成长的人！

“花开本无岸，魂落忘川里。少年依旧在，十里桃花外。”花落花开，水流不断；我兮何有，谁与安溪；明月清风，不劳牵挂！

为一记，为我、弟子们，以及那渐渐远逝的岁月！

同学小宝

岁月悠悠，转眼卅年。想起20世纪80年代末榆师读书的四年时光，那可真是一段奢侈丰盈的日子。

9月开学，报到注册，抬着行李走进东北角二楼13号宿舍，门口高床成了我的安卧之榻。傍黑时分，同居者齐聚，共有8人。大家各自介绍家乡，说几句帮助照应的话，就熟识了。从此，这群陌生的人成了同学，和睦相处，朝夕相伴，身影相随，其乐融融。其中，有位身材匀称，清秀俊丽，温文尔雅，话语不多的同学，名叫小宝。

学校生活，“三点一线”：教室—食堂—宿舍。同学们来自山村或城镇，除却身姿容貌、学业成绩、经济条件天壤之别外，各有所长：诗词书画、吹拉弹唱、奔跑跳跃，可谓钟灵毓秀，济济一堂。小宝写得一手秀美文字，擅长绘画，雕刻印章，还会弹风琴和吉他。娃娃脸的美术陈老师时常光顾小宝身畔，有时把手指导。“嚓嚓嚓、唰唰唰——”一幅人物素描栩栩如生，令人艳羡。陈老师给我的绘画打分很低，不是60分，就是62分。小宝的绘画很美，几次全校书画作品展，榜上有名。我俩来往不多，不远不近，淡然相处。

一次全校绘画比赛，斗胆向小宝讨要到一幅小桥流水水彩画，署我的名字上交，竟被选中参加展览，由衷感激。三年级时，小宝弄来一些薄铁皮、细铜丝，缠绕摆弄，安上风扇，做成一台电动机，而且署我俩的名字参展，获得学校“理化生创新大赛”三等奖。乒乓球推搡项目测试，我与小宝结对，来回推送三四下，乒乓球不翼而飞。从此，心有灵犀，悠悠同行，我俩的友谊成为一片绿洲。

傍黑时分，时常和小宝结伴溜达，形影相随。我俩在侯氏小卖部用菜票兑换几包“五香葵花籽”、“油大豆”、山楂皮、小饼干，坐在坝塄上海吹神聊，评古道今。更有一次，小宝生日，我们几位同学特意置备一些瓜子、糖果、红薯，取一盒 4 元的“茶花”和一瓶 4 元的“沱牌”，在校园西南角的小树林里，吞云吐雾，共谋一醉。偶尔，我俩也去女生宿舍串门，看望同学，聊天闲篇，快乐多多。周末时光，小宝曾多次捎我去他家游逛。

后来，嫌食堂饭菜味儿不好，小宝弄来一个煤油炉（后换为酒精炉）和小钢精锅，动手做饭。小宝把面团弄成一个个小棒，扣在脸盆下。水开时，拿出一根面棒，搓长压扁捏平,“啪啪啪”三下五除二,一锅面片熟了，香味飘逸，自然盛我一些。1990 年 6 月的“西安之旅”，我和小宝等同学 8 人一组。细雨绵绵，举伞同行，牵手共步，惊心动魄，撒下一路欢喜！

错过，往往就在一个个不经意间。小宝时常雕刻印章，终不敢奢望一枚，遂成遗憾。四年级时，我连续搬至 15 号、16 号宿舍，除了上课，很少看见小宝的身影。实习期间和毕业前夕，大多数同学提前回家，或有他事。偌大宿舍凄清冷淡，三两位同学恓惶寂寥。最末一天傍晚，小宝同学前来收拾行李杂物，淡淡拉扯几句。唉，说啥呢，离别已定，同学算啥，工作分配在县城才可能拥有一切。小宝在我的毕业纪念册上郑重赠言：“人间之可爱，就在于它的有情有爱有牵绊。告辞，我的同学。愿：我的朋友工作顺利，事业早成，一生吉祥！”

暮色苍苍，我帮助小宝把杂物扔出墙外，遂别。初见惊艳，相知华丽，同窗四年，始终完美。我的同学小宝，玉树临风，是一个有内涵的人。毕业几年后听闻，小宝转行当了“二级警督”，配备手枪，想来气宇轩昂、威风凛凛。今年 10 月，我去榆中骆驼巷同学家，说是小宝已于前晚来过。

莫道天涯远，梦里总相牵。陌上花开，情深几许。那些被时光浸泡过的片段，虽已泛黄，依然是心底最美的印记。回首往事，恍如昨日，感谢有你，倾情相待。

时光煮雨，岁月缝花！“故人来入梦，明我长相忆。”清风摇曳往事，封存着俊俏的模样。小宝，你可记得：那些个雪花飘舞的冬夜，我们同钻一个被窝，彻夜畅谈。

倾尽文字，串成风铃，悬挂于记忆的门楣，只为，想念时看看。

想起小露

那时候，我们仰望着同一片天空，小露却还看着天宇。

——题记

这些天，忽然想起同学小露，兰心蕙质，天姿神韵，实在是一个有故事的人。

时光荏苒，说来话长。三十年前，小露成为我的师范同班同学。那时，18 岁的小露，一头秀发，身材匀称，眉清目秀，楚楚动人。教室里，她一向文静优雅，专心听讲，热心参与活动，是个优秀的女孩。宿舍里，笑容灿烂，活泼风趣，是个受欢迎的伙伴。清水样的人儿，碧绿澄澈，气质如兰，举手投足，弯腰眨眉，惹眼入心。一次次擦肩而过，回眸一笑，生动了岁月，明艳了时光，牵动起无数遐想与情思。始信，这世间，有些景，只一眼，便已彻心彻底地喜欢。于是，许多事情就在那时，悄悄发生。

每天，走进教室，习惯了第一眼瞅瞅第三排靠窗座位，看看小露，才安然走向座位。上课期间，不经意间就去窥视她娟秀玲珑的身影。她微微侧着头，眼睛亮晶晶的，两个酒窝浅浅地浮在面颊上。那时，我们经常以“理想”为主题写作文或举办演讲比赛，我的理想是当老师、医生、警察、解放军、科学家，但无论干什么，都要和小露不期而遇。体育课自由畅快，可以呼吸新鲜空气，舒展活动身体，间或浏览小露优雅大方的姿态。一次，独自做值日生，小露跑来帮忙，洒水、扫地、摆桌椅，深受感动。

冬天，真好。雪花飞扬，天地苍茫。抬眼观赏窗外飘舞的雪花，顺便欣赏小露俏丽摇曳的侧影。小露坐在火炉旁，文文静静，专心致志。后来，小露在书的书页处打个折，轻轻合拢，深情扫视一眼教室里的人，嘴角上扬，浅笑不语，蹦蹦跳跳着飞出门外，轻盈灵动，正如一朵雪日绽放的红玫瑰。

周日下午，常常一个人来到教室，看看书，写写日记。好多次，小露也在。窗边是她，墙角是我。一次，我正写着日记，不料小露径直来到身畔，讨教问题，一时面红耳赤、手足无措，沉寂的心灵泛起层层涟漪。周末夜晚，早早提着小凳看电影，享受那紧张激烈、扣人心弦的故事。换段的间隙，则把目光投向侧前方，肆意眺望夜色朦胧中那个美丽的倩影。

那是一个星期日，我们六七位男女同学围坐在一起打扑克，小露当然在。大家争抢着出牌，递眼使色，身手相触，嘻嘻哈哈，笑成一片。傍晚，同伴约我去女生楼 5 号宿舍。小露一个劲儿热情招呼，攥满瓜子送到掌心，不时递过来一个明丽如水的纯澈眼神，犹如一束鲜花。我们仨无拘无束地聊说考试成绩、兴趣爱好等话题，不时发出会心的笑声。那是一个温暖的夜晚，我们坐在床沿，聊天闲篇，夜色阑珊，意犹未尽。

1988 年 6 月 1 日，学校中午放假，本打算坐车回家。可是，乌云密布，电闪雷鸣，狂风肆虐，霎时大雨如注。心急如焚，无之奈何。百无聊赖，来到教室，但见小露一人，静坐写字。天空倏忽明亮，我俩不由自主同时跑出门外，并立观赏。雨过天晴，碧空如洗，青山如黛，一条美丽的彩虹出现在东方天空，横跨山巅，七色分明，美丽动人。彩虹渐渐淡了，小露脸颊绯红，清爽宜人。

一次，陪伴同学逛逛。天色已晚，月色朦胧，骑着自行车，捎着清澈澄碧的小露。顺山顺水，徐徐前行，边走边聊，欢歌笑语，快意如风。元旦期间，同学间互送明信片。放假归来，桌兜里赫然放着1张署名小露的明信片，文字隽永，如一朵朵跃动的小火苗，悄悄珍藏着。

岁月丰盈，时光澄澈。整整四年，同窗共读，朝夕相伴，痴心翩然，悠悠同行。看见小露，就看见了希望，在每一秒钟开花。当年，明明可以悄悄看看脸庞，却紧张得不敢抬头；可以偷偷碰碰手指，却害怕坐得太近；想见却又怕见，见了却不敢说话；好多次想写一封信，把这些意思说说，却没有勇气。花谢花开，岁月如水，小鸟飞过，一闪而逝，流水闪动记忆，相遇的地方，不是岛，是共同度过的时光，是灵魂停栖的驿站。

新月如眉，夜阑人静，打开那本珍存的留念册，小露水灵俏丽，令人爱慕。相逢如是，告别亦如是。三十年，多么漫长，长过了所有的期盼。渐渐地，淡漠了，陌生了，忘记了，一切入蛰似的杳无音信。即使某天擦肩而过，也不一定认得。他日若逢，淡定若兰，不再尴尬，无风也无浪。

人生匆忙，还没长大就老了。时隔30年，有些记忆已然模糊，间或成了片段。只好端一杯清茶，养心润目，品到无味。趁着空儿，写下一朵温润、唯美而婉约的心花，朵朵绽放，冰清玉洁，把细腻的美好安放在生活的扉页。只为，心田不曾荒芜。

如今，想起小露，终究是一件清爽温馨的事。

夏河美美，小草青青

某年某月某日，接到通知，让我参加体育教师培训。尽管身边工作生活事宜杂乱，再说，我也不是专职体育教师，但培训永远是我梦寐以求的事，所以我很愉快地答应了。后来的结果表明，这次培训不仅是愉快的，简直就是幸福和幸运的，无法用语言表达明白。

第一天早晨，下着蒙蒙细雨，撑着伞，我一溜小跑乘坐 501 城际公交到达兰州，开始了快乐而又美好的培训生活。

培训的人里，我虽年龄不小，但绝对不算最大的。开班仪式，主任说培训期间，各位学员积极创编美篇，作为评选“优秀学员”的依据。第一天结束，回到房间，安心撰写美篇。我想以美篇的创作，展示自己的聪明才学，卓尔不群，引起老师的注意，令大家刮目相看，以此证明我不是来滥竽充数、无所事事的，保不准评上“优秀学员”。于是，字斟句酌，呕心沥血；优选图片，美化修饰。三四个小时后提交第一篇于“培训”群。而后，拿着手机耐心等待群友的反应。几分钟后，鹰击长空、青青小草、瑞雪等 10 多人献花点赞，言语温暖。我感到十分满意和开心，沾沾自喜。看来，有些事和年龄大小没关系，关键是用不用心。其实，比起将要发生的事，这些事简直不值一提。

那天傍晚，天清气朗，吃过晚饭，陶醉于满满的成就感。大概十点多，一个微信名叫“青青小草”的身影飘然而出，要求添加“好友”。茫茫雪域，一个藏族服饰女孩，背着大大的“雪董”（或“甲董”），头发黑而密，眼睛大而亮，皮肤白而净，眼神里充满着坚毅和刚强，一种温柔却绝不妥协的力量。她的衣服很普通，是那种粗条纹衣服，但却掩盖不了她那种天然雕饰的美、清秀动人、淳朴善良。看得出，她（不敢肯定这是真人秀还是网络图片）也是来自普通农家，她是谁？她叫什么名字？谁家能养出这么好的女孩呢？我有资格和她认识吗？这些问题占据了我的心。我这人，比较内向腼腆，看见美丽的女孩总是害羞，添加就添加吧。

“青青小草”说：多有冒犯，看了美篇，“文采杠杠的”，想请教请教。理解我们藏区文化比较落后，我们也随着落后啦。打小不爱学语文，懒，不爱背，所以语言表达能力差。也曾努力过，就是智商太低。“青青小草”说，她是本班同学，甘南人，藏族。第三日早晨，忐忑不安，悄然静坐。忽然发现右侧第二排位置，一位白衣运动服女子，侧目微笑，点头示意。我看到，她不仅皮肤很白，而且有一口整齐洁白的牙齿，气质若兰，文雅秀丽。从表情可以看出，她早就注意到我。

听完讲座，随众人“最美兰州黄河健步行”区域文化考察。洁净的黄河岸边，河水哗哗，翠色欲滴，花卉竞艳，漫步踏行，心花怒放，感到一种心灵的宁静。顺着蜿蜒的河流，不快不慢，不急不停，同人们的脸上洋溢着一种健康的祥和、幸福而平静。或前或后，闪动着一个俏丽的身影，颖悟灵秀、天然默契。最美，回眸一笑。总是感觉她情有独钟，只怕人多口杂，不敢恋顾，惹人笑话，闹出绯闻。

“黄河母亲”沙雕、“黄河第一桥”前，合影留念。参观兰州民俗博览园后，遥望白塔山，古树参天，心情激荡。“追求成就感，做你从未做过的事”。其实，为生命所依靠的运动，于不自觉之间实施才算完美。走步，这个最原始最纯朴的锻炼，不仅仅健身，也让我们看到了一种积极向上、开朗乐观的精神。

回来后，“青青小草”邀约，聊聊美篇制作的事。学会抓拍精美图片；字斟句酌，反复凝练。“青青小草”眼眉带春，夸我聪明优秀，是一个被体育耽误的优秀语文教师。没想到她竟有如此眼力，也戳到了我的痛处。她说得没错，我学习一直很好，小学、初中和师范，念书时我家的墙上贴满了奖状，老师喜爱有加，同学众星捧月，可惜都已成为了过去。她说，你应该教语文，不能亏了自己。一句话说得我差点流泪，我对她充满无限感激，也涌出无限勇气和希望。假如可能，我一定重新教语文，我不能辜负她的信任，我在心里暗自发誓。我甚至想对她说，假如有一天我能再次参加学习，一定要与某个人同桌。我知道这是痴人说梦，我也不配，所以没有勇气也不允许自己说出口。她是那样的美丽，我是那样的粗鄙，我要捍卫她的美丽。“斯人若彩虹，遇上方知有。”拉拉杂杂，意犹未尽。

第四日中午，“青青小草”邀约一块儿吃顿便餐，表达感谢之意。求之不得啊，但我故作正经。一荤四素的雪白米饭，安安静静，“青青小草”娓娓述说起她成长的故事。

她是庄浪人，小时候，家庭极为贫困，父亲重男轻女，她经常遭受呵斥打骂，放牧牛羊，操持家务，受尽委屈。但天性倔强的她，努力追求，不言放弃。初中时语文一塌糊涂，数学、化学扎实。毕业后，远赴银川（宁夏）砖瓦厂，高温砖窑里劳动，建筑工地劳动。凑足学费上了高中，考入合作师专，成了家乡街头巷尾评说的女“明星”。毕业后分配夏河中学，当了一名藏族体育教师。“青青小草”说，她在夏河教了 20 多年书，感情很深。夏河有著名的拉卜楞寺、达尔宗圣湖、熊猫沟、八角城遗址、贡唐宝塔、阿姨山、粗野强壮的黑牦牛、日行千里的河曲马、洁白如雪的羊群、驰名中外的冬春夏草，更有汤鲜味浓的“虫草炖雪鸡”、百食不厌的“蘑菇炖羊肉”、风味浓郁的“蕨麻米饭”、柔滑鲜香的夏河蹄筋、酥油糌粑、藏包。

“青青小草”说，大夏河三十里风情线，碧波荡漾，青草鲜花，步步经典，处处花园，美不胜收。每当夜晚，漫步栈道，微风过处，缕缕花香；柔和的灯光下，情侣散漫，格外迷人。桑科、甘加、格桑花草原，夏秋之际，天高气爽，轻风徐来，阳光灿烂，蓝蓝的天，白白的云，清清的水，绿绿的草，五彩的花，牛羊成群，宛如“人间仙境”。“天苍苍，野茫茫，风吹草低见牛羊。”游客络绎不绝。幽秘安静的夜晚，围着草原上燃起的篝火，与藏族同胞手拉手翩翩起舞，欢声笑语，风情难忘。

第六天早晨，我得提前回家，有些忐忑，要是“青青小草”送送，该多好啊！美好的日子总是稍纵即逝，所有的旅程都有开始和结束。我真的要走了，我的心情很平静，但我想我还会来的。

第七天早晨，“青青小草”微信里说，苍天不负有心人，感谢遇见。遇见你，是我这次培训，最大的收获。

我想，从此，“青青小草”就会成为要好的藏族朋友，然后我们还会保持联系，一直到永远。我希望，“青青小草”能够每天规划自己，该上课的时候上课，一心扑在工作上，钻研业务，乐观上进。正如读师范时，心理学老师教育我们：我们一定要为人师表，任何时候要给学生一个好的印象，让学生在学习知识与做人的同时，也接受美的熏陶。晚上就看看书，整理一下忙碌一天略感疲惫的心。每个人心中都有一盏灯，去找寻，去把它点亮，“点了灯，镶了星空，也挂了彩虹”，生命就精彩了！

刚熟识，便分离，是一种昙花一现的美。有时离别是为了相逢，就像结束有时是为了开始。鱼没有水会死，水没有鱼却会更清澈。心中有诗意，岁月不曾老；在变老的路上，一定要变好，变得更美丽。培训结束了，我却留下一个美丽的梦，成为心中永远的诗意和春天。

重逢，是一场美丽
——培训外传

孟夏时节，草木葱茏，丁香花开。6 月 12 日，我来到兰州东郊小学，参加课程改革体育教师理论培训，心情愉悦。

中午时分，在农民巷“美食城”吃过简单午饭，返回学校廊厅，娟娟忽然闪现。“师父，您来了也不招呼一声，让弟子情何以堪！”言语恳切，目光依恋。“遇见师父，徒儿倍感温暖与亲切！走吧，师父，弟子领您到东郊的‘璞园’转转。”绿草茵茵，水流潺潺，假山池沼，安静优雅。并立小桥，神清气爽。“师父，咱俩合个影吧。”

晚风徐徐，踏上归途。有一种人，念起，便是温暖与快乐，让我们留恋每一次的相聚，而后沉下心来，做好本分的事，用实绩证明自己的才华。若有缘相聚，或可说说别后的辉煌！

重逢，是一场美丽。愿，我们，都不被岁月辜负。

第四辑　乐山知水

三月，遐思飞扬

三月的一个早晨，栽下一盆绿萝，顿时，植下一室春色，鲜活翠嫩，生机勃勃。

走在乡间蜿蜒的小路，任喜悦爬满眉间，心旷神怡。缓步田野，一阵剪剪风，顶破泥土的心结，隐约可见痒痒的暖，处处是春的眼眸，捂不住的呢喃。柳枝吐出鹅黄叶儿，小草翠绿逼眼，湖水涟漪波动。迎春花开了，嫩蕊摇黄，娇羞欲语。顶着枝干的花，一丛丛，一簇簇，眉眼笑个不停，粉里透着红，好似昭君出塞娇滴滴的贴红，一片芬芳。地里，一垄垄菜畦，散发着股股清香；堤岸上，一簇簇嫩黄的芽儿，争先恐后地往上蹿。那一树树嫩红的娇羞，悄悄地融入眼眸，渐入佳境。

青青河边草，悠悠芳草心。瞧，蓝天、白云、小草、山野，丝丝绿意爬上枝头。掬一捧水，撷一抹绿，轻抚那一抹淡淡的香。看，蝴蝶翩然起舞，蜜蜂嗡嗡细语，小虫儿急急飞来跑去，赶赴一场场天崩地裂的爱情；听，“砰、砰”，花儿轻轻地绽放！一对画眉在枝头缠绵呢喃，一群鸭子在清澈透明的水中“咕咕、咕咕”嬉戏着。

站在山巅，眼眸明澈，神清气爽，心儿辽远。回想起生命中偶然或必然的遇见，诸多精彩和感动，浮现在眼前心间。一路逶迤，不言不语，生动了被时光烹煮的岁月，将美好的记忆烙印在心底，让绝壁开出明艳的花。

此刻，时光静好，轻吻微风中的一花一草，闲步优雅，撒下一路欢喜。三月，成功与希望同在，播下希望的种子，就是播下一年最美的憧憬。

有梦，不怕路远。人生的路上，没有捷径，没有侥幸，唯一步一个脚印，方成传奇。山有多高，鹰知道。“任何的目标都可以被实现。”爱，不是拥有，是守候。人生就是一场拼争，每天都在攀登，爬上这座山，越过那道岭，眼前又是一座峰。一路前行，携一缕阳光，保持飞翔的姿态。

三月，注定有些张扬，妙不可言。且念，且梦，且行！

清明，家乡杏花红

“不待春风遍，烟林独早开。”三月，微风荡漾，天清气朗。山坳里，一树杏花，一片微红，率先绽放。清明前后，杏花次第开放，沟沟壑壑，姹紫嫣红。此时，田地里人来人往，翻地剪枝，施肥播种。

杏花开，小雨就来了，淅淅沥沥，滴滴答答。跟着，苦苦菜、车前子、蒲公英、麦苗和豌豆就绿意葱茏，生机勃勃。放学后，小伙伴们三五成群，嬉闹游戏。杏花落了，男孩嚼着鸽子蛋大的绿杏，酸得咧嘴，惹得姑娘们笑语盈盈。杏子渐渐长大，我去看护自家杏林。阳光暖暖，青枝绿叶，坐在树下，静静看书。

七月，杏子熟了。甜甜的，酸酸的，沁人心脾，甜彻肺腑。放假后，我和爸爸去摘杏子。十多棵杏树，成荫结子，晶莹剔透。我手脚利索地爬上杏树，摘满提兜，用绳索吊下。爸爸接稳后慢慢倒进篮子，再把提兜挂在绳钩上。夜色茫茫，山道弯弯，爸爸拉着架子车，我使劲推着，一路述说着喜闻乐见。爸爸不时用清澈的眼神看我，脸上布满温和疼爱的笑容。杏子熟时，正是龙口夺食的阶段，人们冒着酷热抢收小麦。午饭时候，一家老小在树下乘凉歇息，喝水吃馍，说说笑笑。孩子们攀爬跳跃、垒石盖屋。

“蜂蝶有情年年聚，我思杏花他乡望。”时常心有戚戚，潸然泪下。躬耕杏坛，一晃卅载。每当春天，不由想起杏花盛开的景象，想起父母均在的孩提时光。

今天，又是清明节。二哥电话里说，兰州至新区的“中通道”已动工开建。若通行后，可把车子直接开到后山，绕过转盘就到家啦。一路疾驶，透过车窗，两只喜鹊“喳喳喳”鸣叫。看来，他们比我回家早啊。“儿童相见不相识，笑问客从何处来”说的竟是我。

小草年年绿，杏花依旧开。顺着那条熟悉的小路，来到父母坟前，长跪于地，泪流满面！芳草萋萋，往事如昨。父亲就是父亲，骨气执着，辛勤耕耘，硬是在干旱贫瘠的土壤里播种收获，把七个儿女拉扯长大，成家立业。母亲啊，实在无法述说，一生清贫，日夜操劳，高山仰止。此时，植一行柏树、捧一束鲜花，遥遥祭拜，将思念托付清风和明月。归时，屡屡回望。

“春催杏林红白镶，杏花深处是家乡。”回家，还植诸多杏树，青山绿水，鸡鸣犬吠，听鸟语，闻花香。除了爱，无须更多。

愿：一家人，和和美美，其乐融融。

劳动者，无上光荣

五月，阳光明媚，百花盛开。繁忙之余，驱车回乡下老家种了些西瓜、玉米和洋芋（土豆）。烈日炎炎，暑气笼蒸，汗流浃背，腰腿酸疼，有些疲累。

劳动，是神圣的。古往今来，人生天地间，唯有劳作，方可立身。“锄禾日当午，汗滴禾下土。”忆往昔：缺衣少食，柴草稀少，水源珍贵，出行艰难，农民辛苦。看今朝：社会发展，日新月异，巍巍广厦，四通八达，万顷菽浪，衣食均安……马克思说：“劳动创造了美，创造了一切，劳动最光荣。”所谓财富，劳动创造。天降横财，必是奢望。

劳动者，无上光荣。人民公仆、科技工作者、解放军、工人、医生、教师、农民、个体户、快递小哥、环卫工人、出租车司机、家政服务人员……各行各业千千万万的普通劳动者，总是步履铿锵，行色匆匆。恩格斯说：“劳动，创造了人本身。”诚然，不同的工作岗位存在很大差别，但，劳动不分贵贱。社会的发展是由各行各业劳动者共同书写的，收入多寡与辛苦与否，从来不是评判的标准。优越的工作，艰苦的岗位，每一种职业，都是不可或缺的。甚而，那些基层、最脏最累的岗位，才离我们切近而受益。芸芸众生，大千世界，谁说一个平凡劳动者低人一等呢？习近平总书记说："伟大出自平凡，英雄来自人民。"一切劳动者，仰不负天，俯不愧地，都是"美好生活的创造者与守护者，都值得尊重和鼓励"。我国《中华人民共和国劳动法》第十二条规定：劳动者就业，不因民族、种族、性别、宗教信仰不同而受歧视。

无劳，则无获。纵观时下，一些青年，心慵意懒，不稼不穑，一切拜托父母恩赐，不免叹惋。生活不是儿戏，现实更不是变脸……恰值谈婚论嫁、成家立业阶段，无所事事，岂不汗颜。

"勤劳的人吃羊腿，懒惰的人喝凉水。"人生匆忙，怎敢懈怠？所有美好，全在劳动。无数实践证明，生活的本质，唯不辍劳作，才收益多多。"一屋不扫，何以扫天下？"奋斗需从内心开始，坚韧是成功的要素。任何事情，成功与挫折相伴，机遇与挑战并存，汗水与欢笑同在。"凡事啊，就怕用心。"唯有谦虚谨慎，踏实苦干，才不负自己的青春芳华……即使生活低到尘埃里，也得不懈努力，开出那含情脉脉的花。

"种瓜得瓜，种豆得豆。"看，鸟语花香；听，布谷声声。既然下种，就有希望。待七月流火，瓜熟蒂落，收获那带有泥土香味的喜悦和甜美。

"一分耕耘，一分收获。"春华秋实，硕果飘香，致敬，天下所有劳动者！

初夏绿，挖苦苣

或许，你已经忘记了，小时候的那碟青嫩爽口的苦苣菜。

——题记

周末，几位同人邀约郊外挖苦苣菜。久居钢筋混凝土的樊笼小城，平日里又坐惯办公室，生活总是古调单弹的味道。说走即走，驾车前行，心情豁然开朗。

天蓝云白，初夏的田野，阳光温柔地抚摸着青翠的枝丫，鸟儿轻啼，满眼的绿色，青翠素雅，澄澈透亮，处处洋溢着希望，让人欢欣。提着小铲，走在田间小路，轻松舒适。禾苗青青，沙地暖暖。苦苣挺多，坝塄上，沙地里，到处都是，翠绿鲜嫩，一片葱茏。空气中弥漫着青草的味道，同人们快人快手忙着捡挖。工夫不大，各自挖了满满一袋。蹲在水渠旁，洗手擦脸，清爽舒畅。我们坐在草丛中说说笑笑，侃东聊西。此时，心儿如苦苣般碧绿澄澈。

小董说，小学时的一天早晨，忽然发现西北山顶冒出一个透亮的玉盘状物体，飞速旋转着升高。那“玉盘”升到半空，分裂为三，中间一个继续攀高，左右各一个以对称状态向两边飞去。一起行走的七八位同学屏息观看，悄言神奇。转瞬间，三个“玉盘”升入苍穹消失了。现在想来，那可能就是传闻中的“飞碟”吧。

“那时，班主任责怪学生愚拙，恨铁不成钢：你们家的麻雀都是双眼皮的，老鼠都是大背头的，猪娃子们穿着擦油皮鞋（方言：hái），老家伙们（“绵羊”）还穿着翻毛大衣呢。”小笃惟妙惟肖地模仿老师的言行举止，惹得众人捧腹大笑。

小花说：那时，夜晚闷热，一家人常常睡在院子里。兄弟姊妹们仰望星空，争抢着数星星。一次深夜醒来，看见天空中有一串明亮的星星，像蛇一样蠕动爬行，她吓得赶紧用被子捂住了头。真的，至今没弄明白怎么回事。小萍轻轻地说，常常口上说自己老了，其实，真的希望自己是个孩子，永远是个孩子。说着笑着，我想起了小时候在家乡挖苦苣的情景。

我是山村人，挖苦苣是最喜欢干的事。春天来，杏花红，梨花白，桃花艳，苦苣碧绿诱人。田间，地头，路边，苦苣到处都是。下午放学，提着布兜和铲子，呼朋引伴，三五成群。挖累了，一群孩童嬉戏打闹，笑语喧哗。几个小姑娘采摘一些野花，戴在头上显摆。回家，妈妈把苦苣摘洗干净，滚水焯熟，撒上盐和辣椒面，清油一炝，倒点醋拌匀，就成了一碟青嫩爽口的山珍美味。

年幼时，缺衣缺粮，挖苦苣是填饱肚肠的见证。现在，衣食无忧，挖菜成了一种乐趣。当年，羡慕城里人安闲的生活。一天天长大，几经奔波，跌跌撞撞，挤进城市一隅。回望，却又极其怀恋乡村的生活。山水相依，鸡鸣犬吠，父疼母爱，哥姐提携，点点滴滴都是心头的温热。

春水流走，浅然回眸；美人难觅，香草易荒。一路走来，彷徨迷茫。原来，那些我们笑着哭着的诸多告别，一些会遥遥无期，一些也会阴阳两隔。昔风不起，唯有努力，在现实的粗糙里寻找精致，在世俗的浑浊里寻找清澈。小董说：“来吧，珍惜机会，拍照呀！”大家嬉闹着合影。

余晖脉脉，沿着那条弯曲的田埂，提着苦苣悠然而返——满载而归的，还有那纯纯的童趣和烈烈的乡土味。

细雨轻愁，如梦飞花

夏天，多风多雨也多情。

天幕蒙蒙，细雨绵绵。那细细密密的雨丝，飘飘洒洒，淅淅沥沥。此刻，整个城市，都是雨的天地。静静坐在光阴的转角，雨丝垂帘，雨落无言，心情不免悲凉。

童年，细雨纷飞，憧憬一座城，城里有个自己的家，爸爸、妈妈、哥哥、姐姐、妹妹，一家人其乐融融。少年，求学的泥泞路上，大雨磅沱，汪洋恣肆，父亲瘦削的肩膀，背着单薄的我，一步一滑，徐徐前行。青年，辗转于城镇边缘，颠沛流离，渴望一座城，住着一个人，举伞共步。现在，人至中年，住进这座小城，有了属于自己的一个家。然，父母归去，小儿远赴异地求学。都市的喧闹和拥挤，生活的忙碌与无奈。却原来，一切终是一场虚妄。人生无常，来日并不方长。

此时，静静地在窗口眺望着远处，睫毛早已沾染了雨水溅来的雾气，用手指轻轻地揩拭，一丝丝的凉意。

世事无常，即便被遗弃在荒崖，也从缝隙里顽强地生长。仰天长望，暴风骤雨，又能如何！

中秋漫笔

中秋节，亦称“团圆节”，是我国主要传统节日之一。当夜，若天晴，仰望天空如玉的明月，顿生百般感慨。

“万里此情同皎洁，一年今日最分明。”这一晚，父亲从庄稼地里回来得比平常稍早些。吃过饭，父亲给小毛驴铡好草，把绵羊赶进圈里，而后洗把脸，拿出小炕桌摆置在院子中央，招呼母亲摆置上月饼、西瓜、苹果、红枣、葡萄等。父亲点燃一根蜡烛，香炉插三支香，点燃黄纸，念念有词地吩说（大意为保佑家人平安，庆贺生活美好），逐样掐些供品丢进水碗，使劲儿泼向房顶，算是祭拜完毕。最后，稳坐在小方凳上，抽烟喝茶，饮几杯烈酒。一家人围着小方桌，招呼着吃月饼、水果，聊说逸闻趣事，热热闹闹。

中秋是一壶烈酒。父亲平日忙碌，一件挨一件的农活儿，难得清闲。于是，节日的片刻歇息成了他的假日。父亲拿着小酒壶，独自啜饮几杯。我参加工作后，曾陪父亲喝过几杯。

中秋是一锅“洋芋疙瘩子”。秋天来临，黄风肆虐，不免有些伤感，好在可以吃到很多食物，譬如：撑破肚皮的籽瓜，炒熟的麦子和黄豆，水煮的洋芋、包谷棒子。平常时日，田间劳作的母亲回家晚，往往在极短时间内做熟一锅喷香的“洋芋疙瘩子”，解决全家人的肚子问题。

其实，中秋是一年最忙累的时节，拔谷子、掰玉米、剪高粱、刨花生、挖洋芋、碾场，一家人忙碌得不可开交。

当然，中秋可以放胆一游。因是过节，可以邀约几个小伙伴（包括女孩），结伴在田间地头的小路上溜达几圈。一次，我们几个小伙伴曾走得很远，没有目标，信马由缰，直到听见夜猫子吓人的嚎叫声后，胆战心惊，毛骨悚然，才悄然返回。

自从出外读书和参加工作后，中秋节大多在学校度过，也就没有那么隆重的意味了。年龄渐长，对节日的企盼渐渐寡淡，但对亲情的留恋却与日俱增。看着月亮，想起与父母一起赏月闲谈的情景，已是历史。现在，拿着妻子买来的月饼，一口一口慢慢咀嚼，实在没有当年的香味儿。

“露从今夜白，月是故乡明。”离开家乡三十年了，独自生活在这熟悉而又陌生的县城里，总是挺念家的。县城离老家不远，无非一百多里山路，父母不在，只是二哥全家。来回一次，费用三百元，勉强凑合生活的人，哪敢打车回家！仰望夜空，皓月如盘，打开手机，问候一声：二哥，家里都好吧。

“海上生明月，天涯共此时。”时值中秋，借此想念我的亲人朋友。

深秋杂感

十月末，风动荷残。一直想给自己的心情，写一段合适的文字。

黄昏寂静，走在瑟瑟秋风里，那些飘飘起舞的黄叶，纷飞在路上。远山凄凄蒙蒙，寂寂寥寥，不由百感来袭。

最近浮躁，心烦意乱。心里，好似长满了草，若是擦一根火柴，顺着风势点燃，估计，那速度蔓延之快，连高大的枝叶都不得落荒而逃，包括自己的某些骄傲。月色渐浓，天空已是寒星闪耀，几许微凉，不禁惨然一笑，一路的酸涩和孤单，只有自己品尝和体会。

站在街口，不知走东，向西，朝南，还是往北？“年年秋风劲，岁岁闻雁声。南望天际外，何日踏归程。”蓦然回首，一叶知秋，易水生寒，增添几许萧瑟和惆怅。时过境迁，物是人非，徒留一份浅淡的余情，偶尔怀念！

只叹，世事如梦。梦醒，苦涩一笑。想的，看的，说的，一转身成了故事。没人会仰慕什么，继续忙碌自己的吧。时光无言，你我无语。有些爱，一转身，成了回忆；有些人，一挥手，成了背影。甚至，有些美好，一回眸，成了故事——无论甜蜜，还是苦涩，都是经历。

雪花之恋

当最后一片红叶从高高的枝头飘落，一朵菊花儿在寒风中渐渐凋谢，一群大雁从高远的天空中滑翔而过——冬天来啦！

清晨的路灯下泛着银色的光芒。是的，是雪花，悠悠而来的雪花！雪花宛如柔情少女，滑出优美的弧线，轻盈曼妙，舞姿翩跹。雪花是冬的灵魂，那一片片悠悠而来的雪花，生来就是从春到冬无可替代的期盼。由此，想起爱情，应如雪花般唯美浪漫，含情脉脉，不掺杂一丝多余。

“瀚海百重波，望山千里雪。”遥望天空，漫出一片灿烂，平息了我的各种心思，任凭心跳怦怦。寻找一个清秀的剪影，一份天然的纯粹，清澈澄明，纤尘不染，一眼千年。很多时候，那一抹笑容，恰如春天的阳光，点染了一场琳琅，一不小心便白了头。

捧一缕雪花于手心，用一种姿势采撷一种个性，天真烂漫的笑语洒了一路。即使没有太阳，笑容依然灿烂。掀开雪花的白床单，小草露出几只嫩绿的眼眸，春就在这里发芽，开启一段旷世绝恋！

流光碎影，轻掠而过。过了大寒，又是一年。雪花舞婀娜，春天在眼前。

雪落小城

季已深，寒意沁。这个冬天，奢望无数次，赐予一场雪。陌上花，相思扣，漫漫冬日，望眼欲穿。

1 月 31 日傍晚，天空飘起了雪花，小城迎来第一场雪。漫天飞舞，纷纷扬扬，瞬间笼罩了这座小城。早晨，拉开窗帘，清芬的雪花，驾驭着一种从容的美丽，恣意飞舞。茫茫原野，琼枝玉叶，粉装玉砌，皓然一色。

每每下雪，我就疯了。踏雪独寻，何畏寒冷？天刚放亮，说走就走。北国小城，冰天雪地，苍苍茫茫。小心翼翼，一步一步，生怕打扰飘雪醉人的呢喃。碎碎的小雪花，一片一片，飘在发梢，落在肩头，轻盈洁白，带来了一份浪漫。仰脸，任雪花在炽热的脸上融化，柔情漫开。伸开掌心，雪花轻轻飘落，用舌头舔舔，一丝儿甜蜜的芬芳味儿。一个人转悠着，那飘雪的长路，清澈悠长。独坐湖心，寂然不动，天地一白，风烟俱净。顺着台阶，登上东山，环顾张望，小城三面环山，静谧素雅。眺望远方，心如水澈。

记得以前在乡下，每逢雪天，爹妈奢侈，土炉放入煤球，兄弟姊妹们围着火炉，烙洋芋片，叽叽喳喳。扫出一块雪地，支个竹筛，撒些杂粮，捉几只鸟雀。第二日，小伙伴们滑雪、堆雪人、打雪仗。在空地上堆一个雪美人，精雕细琢，婀娜娉婷。那时，心里装的，只是一份简单的快乐。如今，只在雪花漫天飞舞中捡拾些儿时的记忆。现在，故园篱倒墙摧，柱倒梁折，破门凋敝，怎奈肆虐的风雪。

风细细地吹，雪花碎碎地飞。冬天，是一个安静的季节。浮躁的心开始沉静如初，借着冬日的阳光，漫天飞舞的雪花，将过往梳整成冬天的故事。故事应该如此，理应如此。雪，是一种安静（宁），那一刻，只有雪，淡泊与干净。把深情留给了岁月。置身于渺无人迹的雪原，站在雪原，一地寂寥。无言相守，默默相伴。那是一个路口，曾经的伤痛、快乐和别离都在这里上演。关山魂梦长，鱼雁音尘少。真个别离难，不似相逢好。

一场雪，风继续吹，有雪做伴，就不孤单。“相识满天下，知心有几人。”落雪的日子里，我会想谁呢？

雪片一冬深，岁月催人老。无处奈君何，一枝春更多。会不会有那么一天，痴痴翘首的路口，油菜花开满山岗的季节，与你，喜悦相逢？

燕子低飞，春色在望。

“人民广场”小记

夏末秋初，气温飙高，闷热不爽，顺即出外转转。

从石洞镇卫生院出发，沿着健康路徐徐前行。道路两旁间隔的水泥平台上堆满各类水果：白瓜、甜瓜、柚子、樱桃、榴莲、菠萝、香蕉、杧果、葡萄、荔枝、核桃、火龙果、杏子、桃子等，品种齐全，琳琅满目。同时，交叉摆置着蔬菜：芹菜、白菜、油菜（上海青）、萝卜、茄子、西红柿、龙豆、土豆、青椒、蒜葱、生菜、菜花、冬瓜、苦瓜、莲花菜、毛豆、香菜等，色泽鲜艳，应有尽有。人们挑拣着喜欢的物品，络绎不绝。在营辰小区和新泰十字路口交会处，停置着十几辆农用车，装满花花绿绿的西瓜，瓜农们（多为小贩）大声吆喝着“旱沙西瓜，便宜啰，1斤6毛！”

绕过两三家烧烤摊，信步走进“人民广场”（西南角）。园子里，刺槐、银杏、国槐、云杉、雪松、马尾松、红叶李、桂花、栾树、紫叶碧桃、香樟、梓树、垂枝榆、榉树、法桐等，枝繁叶茂，郁郁葱葱，亭亭如盖，显出一番幽谧宁静的天地。被绿树掩映的一角天地，三五对男女跳着双人舞，轻盈欢快，优雅妩媚，引得过往游客驻足观赏，面露喜色。

沿广场南部前行，园子依地势分割为长方形、菱形、三角形条块花圃，栽植着各类草木花卉。女贞、合欢、榔榆、紫薇、木槿、八角金盘、麦冬、紫露草、福禄考、金娃娃萱草、美女樱、紫叶小檗、黄刺玫、连翘、月季、四季丁香、八宝景天、紫茉莉、锦葵、一串红、旱金莲、红蓼、三色堇等，或红或白，或粉或黄，或紫或蓝，丛丛簇簇，密密匝匝，尽显娇妍，芬芳袭人。

广场正东，是体育活动场地。由南而北，依序设置了健身场、乒乓球台、羽毛球场和三个篮球场。健身场里安置着各类器材：划船架、日字椅、腰腹肌训练罗马机、倒头联腹机、平卧罗马椅、旋腰机、练腹机、动感单车、旋转轮、跑步机、蛇形把、过山攀梯、高低单杠、腰背按摩器、坐蹬器、引体架、钟摆器、压腿器、天梯等，种类繁多。人们各选所爱，打球、扭腰、引体、压腿、摩肩、倒立——早晨的阳光里，每张脸上写满惬意与快乐，洋溢着欢声和笑语。

回身向广场正中央走去。远见一架石制太平鼓，高耸巍峨，昭示着人们祈盼国泰民安、风调雨顺、五谷丰登的美好祝愿。太平鼓东西两侧，各建有一座假山池沼，瀑布流淌，水花迸溅，绿苔斑驳，微波荡漾。太平鼓的正南方向，四个大牌书写着“诚信、责任、包容、创新”的皋兰精神。广场北面，是一个大型观礼台，用于举办重大节庆展演活动。

整个广场上，晨练的人很多，各好所好，不亦乐乎。走步、跳舞、打球、舞刀、弄剑、耍棒、练瑜伽等。凡此种种，不一而足。上午十点多，人渐渐少了，几对年轻人坐在椅子上，依偎着窃窃私语，广场进入午休时段。坐在浓荫处，满目葱绿，风拂柳摆，远山翠黛，白云蓝天，凡心皆净，万虑皆消。

傍晚时分，广场人潮涌动，摩肩接踵。跳集体舞的人群达三四处之多，有一队竟洋洋洒洒达百人左右。喜好者踩着乐音舞动，灵动活泼，舒展自如，演绎律动之美，在夜风中显现出一种忙碌与生活的美。舞者多为中老年妇女，几位男同胞混杂其间，依葫芦画瓢，摇头晃脑，手舞足蹈。

当然不乏几位时尚靓丽“女星”，广袖长舞，衣袂飘飘，舞姿翩跹，一脸灿烂，牵动着游客的目光，悄悄地欣喜。

广场西北角，人群围成一个大圆圈听秦腔。一班人马，锣鼓家什齐备，唱者字正腔圆，圆润甜美，一招一式、一板一眼，姿势到位，精彩处掌声叫好声不断！广场上（位置不定）还有一帮人，专门弄来音响唱歌，一曲饱含深情的《再见了，大别山》，绘声绘色，韵味绵长。掌声响起，演唱者优雅谦和地频频致谢，心满意足，快乐了大家，高兴了自己。零零散散的人们围成几个小圈儿，拜赏书法家们写“地书”。几位中年人拿着一种用长长的杆子和海绵做成的大笔，蘸水在地上写字，将颜筋柳骨的神韵力透“石”背，挥毫泼墨。

广场正北部观礼台前方，一片宽阔地带，成了儿童们的自由天地。小商人们绝不放过每一个机会，早早儿准备齐全一应物品用具，以实现需要和效益双赢的目标。令人瞩目的是气垫城堡，省事省力，本小利大，2元玩一次，不限时间，任孩童滚爬蹦跳，玩得天昏地暗，日月无光，大人小孩两得其便，一举三得。然后是电动行走型系列玩具，每次2元，大人小孩咸宜，尽情骑着游转。接着是沙滩池，堆沙、铲沙、抚摸沙，安全干净，凉爽舒适，无拘无束，欢乐多多。最后是电子枪打靶，1元10枪，伸手一搏，小试牛刀，情趣横生。若小孩喜欢安静，则去画画，凝神静气，专心致志，在那模型道具上不断填充各色颜料，栩栩如生。可给孩子买把“小弹弓蓝闪飞箭”，一飞冲天，蓝光摇曳，趣味浓浓。另外，溜冰、钓鱼也不错，怪能消磨时光。

夜幕加深，华灯如昼。广场西北拐角检察院十字路口，十几家酒吧、烤吧，生意兴隆。人来人往，一拨又一拨，有时还排队等候。但见众宾团座，滔滔不绝，避暑纳凉。食客们享受着排骨、里脊、五花肉、鸡脖、鸡爪、鸡翅、鸡腿、鸡胗、鸡心、牛排、羊肉、香肠、脆骨、板筋、猪腰、大虾、鱿鱼、多味鱼、马步鱼、黄建鱼、柳叶鱼、土豆片、豆腐干、辣椒等烧烤的奇异香味，直至夜深不回！烤鱼在火苗上翻转着香味，漫出一片海的浪花，满街飘荡。

年轻的皋兰“人民广场”，是综合文化活动广场，四通八达，宽敞开阔，集山水园林、锻炼运动、娱乐休闲为一体，丰富和满足了群众业余精神文化生活。音乐响起，纷至踏来，翩跹起舞，乐不归家。美中不足，人多且闹，家属区近，不讨附近居民欢喜。

景美还靠养花人。早晨七点左右，常见一支六七人组成的特种兵小分队，身着迷彩服、包着红围巾、戴着大口罩，全副武装，提着扫帚、簸箕、剪刀，扛着剪草机乃至高压喷雾器等设施装备，在园子里栽种、浇水、锄草、修剪、打药。傍黑时分，则用手柄夹捡拾烟头、纸屑、塑料袋、饮料瓶，认真细致。

生活的本质，就是放松心情，在寻常时光中享受生活的美。“人民广场”，拓展了生存空间，提高了生活质量，使人们各好所好，各美其美，舞之蹈之，优哉游哉也。

“人民广场”，当为皋兰一大胜景。

美丽什川，梨花胜雪

2016年5月的一天，相约情投意合者，赴皋兰什川郊游赏花。一行5人自驾小越野，从兰州西关出发，经盐场堡进入兰什公路。一路飞驶，青山连绵，层峦叠翠，逶迤不绝。在兴味盎然的说笑中，倏忽到达古镇什川。

举目远眺，九曲黄河览灵秀，万亩梨园竞芳菲。青山作屏，湍流横亘，土地平旷，屋舍俨然。一棵棵梨树，古茎虬曲，葱茏蓬勃，婆娑娉婷。流连顿足，那盛开的梨花，如云似雪，波涛汹涌，素洁淡雅，“占断天下白，压尽人间花”。

游人如织，呼朋引伴，闲步优雅，边走边赏，撒下一路欢喜。俊男靓女，牵手同行；黄发垂髫，怡然自乐。“随意春芳歇，王孙自可留。”徐徐前行，飘来一阵淡淡的花香，轻轻抿上一口，沁人心脾，滑过心际，神清气爽！

童年，我的天职是照管自家园林，兼顾玩耍。小伙伴们穿着开裆裤，三五成群，寻梦林中。斗蛐蛐、捉蜜蜂、吹泡泡、摔泥泡、弹蛋儿、“官兵捉贼”、掏家雀，欢乐多多。渐渐长大，浓荫下，一群少年男女，玩扑克、“打手背”、摸瞎子、跳皮筋、“推小车”、斗鸡、跳山羊、捉迷藏、过家家——递眼使色，身手相触，情趣盎然。南庄村有个叫雪花的女孩，蕙质兰心，梨涡浅斟，最是优秀。清水样的人儿，碧绿澄澈，天姿神韵，用一树的芬芳，点燃了我清瘦的灵魂，美好了太多憧憬。于是，平常时日里，伙伴们翩跹花下，快意如风，总有太多喜欢的事儿来做。

后来的后来，因为求学、打工乃至更多缘由，大家各奔东西，任意漂泊，不再联系。偶尔想起那个惹我情窦初开的雪花姑娘，却找不到任何的理由。花谢花开——小鸟飞过，流水闪动记忆，相遇的地方，不是岛，是共同度过的时光，是灵魂停栖的驿站。

树欲静而风不止。遥想当年，细雨轻盈，父亲是一棵魁梧的大树，苍劲威严。他守护着村庄和梨林，无论风雨，不管霜雪。携子共植，培土浇水，拔草施肥，嫁接授粉，修剪采摘。一遍遍耕耘着脚下的土地，一同耕耘自己的诗歌和爱情。而今，“两见梨花归不得，每逢寒食一潸然”。花开的清晨，阴霾的午后，落雨的傍晚，给母亲打电话叮嘱几句，多加衣，少操心。可电话接通，这些话却由妈妈先说出了口。

山一程，水一程，一路踉跄。但觉日月促，不嗟年岁徂。而我，这个在梨花身畔长大的白衣少年，终究贪恋起安稳，选择了妥帖。每日，在自己的田园里，素面朝天，心平气和，朝花夕拾，低吟浅唱。在纯白的情意里品一树花开，用自己的信仰书写人生，也是安然。

风儿悠悠，月光盈盈。一条小石阶，蔓延至梨园深处，间或飘出灯光和烟火气息。岁岁年年，听风吹过一阵阵涟漪，给梦留一树花开的清纯。梨园在，希望就在每一秒钟开花。这里，永远是我温暖的家。

“百里古黄河，穿越梨花海”。黄河飞虹、高峡平湖、小峡明珠、鸟瞰太极、长堤夕韵、黄河奇石、骆驼石、魁星阁、法幢寺、魏家祠——“陇原佳丽地，半在什川乡”。实至名归，当之无愧。

岁月无恙，美丽什川，梨花胜雪，不虚此行！

喜欢梨花，那份天然的白

四月，细雨轻盈，梨花开了，顿觉春心荡漾，激情澎湃。

迎着晨曦，缓缓漫步。掬一捧水，撷一抹绿，轻吻那一抹淡淡的香，捡拾每一颗灵动的火苗，撒下一路欢喜，惊心动魄。瞧，蓝天、白云、小草、山野，丝丝绿意爬上枝头。听，蝴蝶翩然起舞，蜜蜂嗡嗡细语，“砰、砰”，花儿轻轻地绽放！

边走边赏，梨花正盛，那片花海，一簇簇，一层层，似云如雪，玉骨冰肌，晶莹透亮，淡雅却不失美丽；那白白的花瓣里粉红色的花蕊散发着阵阵清香，沁人心脾，神清气爽。轻触花蕊，灵动剔透，用惊喜挑起一串串甜甜的鸟鸣，享受这一刻的细腻、羞涩和柔软，心，俊逸而清澈。

皑如山上雪，皎若云间月。登高远眺，整个梨园成了一片白色海洋，仿如置身于蓬莱仙山，银光闪闪，蜿蜒不绝，风光无限。微风拂面，眼眸明澈，心儿辽远。这世间，总有一些无与伦比的风景，只一眼，便已彻心彻骨地喜欢。

驻足流连，那一片梨花胜雪，“巧解逢人笑，还能乱蝶飞”。无论初开还是飘落，仙气十足，澄澈清碧，一尘不染。这么多年来，守着万亩相思，保持一朵花的距离，品着层层叠叠的语句，不离不弃。心中有爱，人生有梦，连空气里都是幸福的味儿。

你看你看，那位倚一树梨花的姑娘，清水样的人儿，竟被染白，纯净如一朵白云，清芬挺秀，明眸皓齿，梨涡浅斟，精致含蓄，期待的眼眸，写满惊喜与爱意。惊鸿一瞥，春风十里，心有灵犀，摇曳生花！那种心与灵魂的懂得，即便不言不语，已是一份丰饶的浪漫，定格成千年。

一场好雨，飘然而至，淅淅沥沥。“一枝轻带雨，泪湿贵妃妆。”恍惚间，梨花绯红，弹湿了飘曳的相思。伸手，让零落的花瓣，落于掌心，薄脆清凉，清灵妙曼。“东边日出西边雨，道是无情胜有情。”远方，雨过天晴，碧空如洗，青山如黛，一条美丽的彩虹出现在东方天空，横跨山巅，七色分明，美丽动人。不禁柔情涌动，纵然人生如寄，美好依旧美好。

月光如水，清辉一地。归家路上，听风吹过一阵涟漪，滴水润心，蛙声一片。这是我们最好的年纪，在短暂而美好的岁月里，在心里种下一朵鲜艳亮丽的花，保留一份刻骨铭心的真，让生命与爱好一路同行。

一树梨花，一园思念。声声牧笛，袅袅炊烟，故乡他乡，都在一起。千帆经过，早已归家。“无由持一碗，寄与爱茶人。”素手轻抬，一杯清茶捧在眼前，洁白的花瓣漂浮，那滋味，怎一个香甜了得。

今夜，枕着雨声，做一个梦，白衣胜雪，花开娉婷，纤手紧扣，脉脉含情。

天地间，寻梦路，除了花开，并无他事。

兰州新区印象

2015 年 5 月，约伴赴兰州新区。

上午七点，自驾一辆东风小越野，经大沙坪入“兰秦快速通道”。一路飞驶，青山连绵，层峦叠翠。

迎着晨曦，漫步于宽阔平坦的街道，绿树婆娑，芳草葳蕤，仿如置身江南水乡。蓝天白云间，硕大的银色飞机不时翱翔而过。别墅区、人工湖、湿地公园、牡丹园、玫瑰园——因是假日，徜徉碧水蓝天，实在惬意。

下午 2 点，一行 5 人走过崭新素雅的新区综合服务中心大楼，来到 2 号湖滨区。放眼望去，碧波漾漾，微光粼粼。顺着亲水长廊徐徐前行，沿岸的鸢尾花、连翘、丁香和山桃花刚刚盛开，芬芳袭人。坐在 1 号湖心岛上，微风拂面，眼眸明澈，神清气爽。

傍黑时分，湖滨区广场游人渐渐增多。7 点 30 分，西北最大的立体彩色音乐喷泉如期而至。一霎时，音乐、彩灯交织着水幕，变幻出一幅幅美轮美奂的图画。先见湖心升起一朵美丽的“莲花”，跟着幻化成一片巨型蓝色扇贝，进而变为一张淅淅沥沥的雨帘，又分开如一只只海鸥翩翩起舞。一曲终了，音乐、喷泉戛然而止，碧波潺潺。突然，浑厚凝重的《泰坦尼克号》主题曲响起，喷泉汹涌澎湃，向天高歌，在空中交叉后架起一座彩虹桥——听着美妙的乐曲，看着奇异的佳景，仿如置身于蓬莱仙境。伫立湖边，除了欣赏美景，更多的还会从心底油然生出一份别样的思考！

“陇中苦瘠甲天下”。一马平川的秦王川（又名晴望川），走过温暖湿润，水草丰美，屯兵牧马的灿烂时代，岁月更迭，却沉寂于十年九旱，戈壁沙滩，“拉羊皮不沾草，风吹石头满滩跑”“千山百里无飞鸟，村若晨星树更少”。村落稀少，破垣断壁，荒芜凄凉，千年守望，痴情祈盼。

千年等一回，嬗变在今朝。“琵琶”状的秦王川，终于等来属于自己的良辰佳缘。因为得天独厚，广袤平坦，宽阔空旷，“回眸一笑百媚生”。眨眼间天翻地覆，戈壁沙漠转身三季有花、四季常青、水映城郭、树伴流水的百湖水城！五湖四海的商贾如潮云集，天南海北的宾客纷至沓来。一座座错落有致的产业园遍地开花，一幢幢现代化居民楼拔地而起，一排排新型厂房凌空挺立，银行、医院、学校、宾馆、超市、茶楼、餐厅、酒吧、咖啡馆、美容院、歌舞厅，落地生根，与日俱增。铁建、吉利、石化、伊士顿、奥特莱斯等企业安家落户，铁路、公路、高速、空港一体联动，四通八达，辐射西北、面向中西亚。经济，在流动中繁荣；文明，在交融里灿烂；交流，迈向更高层次；历史，正在发出回响。兰州新区实现了穿越时空的华丽大转身，担负起建设新兰州、引领大西北的历史使命，成为新丝绸之路经济带上一颗耀眼的明珠。

晚餐时，邀约当地几位农家朋友，在开张不久的金爵皇朝相聚聊叙。吃着筋道滑润的和尚头手擀面、苦豆子香味儿的小锅盔、酥脆黄亮的烤洋芋、本地特产手抓羊羔肉，吸着“黑兰州”，喝着“五粮春”“科罗娜”。60 岁的达哥自豪喜悦，谈兴浓浓：嗨，新区开发建设，征地拆迁补偿两套 100 平方米的小高层，八辈子做梦也梦不到啊。感谢党和政府，替咱百姓想得周到！

菜过五味，酒过三巡，达哥纠结起来，悄悄说：“嗨，人还是恋旧的，新区开发，住进高楼，清闲许多，可看不见锄头、铁锹、犁铧和羊群，心里空兮兮的，倒是感觉除了吃饱喝足，啥也没有了，逛个门也得提前打电话预约！”是啊，我深深为这块土地的嬗变而慰藉，却又感叹，日暮乡关何处是，“高层楼”上也生愁。不觉间，天色已晚，一弯新月冉冉升起，我也微微有些醉意！

岁月沧桑，世事变迁。山水秦王川，动静皆惹眼。这不是传说，更不是蜃景，这是一个真正的人间奇迹：兰州新区，一座崭新的现代化城市，屹立在一碧千里的秦王川。“无论你见，或者你不见，我就在那里。”

兰州新区，梦里的瓦尔登湖，“待你青丝绾正，铺十里红妆可愿？”

九寨与黄龙游记

今年夏天，远离熟悉的环境，卸下功利顾忌，带着纯真浪漫的欢快，一路飘荡。久眠的童心稚气被灿烂的笑声唤醒，褶皱已久的心渐渐舒展。

我和小儿披星戴月，一路欢歌，沿途但见绿意盈盈，牦牛遍野，高山流水。亦有同伴前俯后仰，吞吐异常，奇迹频发，美色接二连三，不可胜数。秀树青翠，婀娜多姿，仪态端庄，风情万种；碧水汪汪，泠泠作响，哗哗飞溅，激情四射。身处仙境，腾云驾雾，美不胜收，不知所用何语方能表达欢畅爽快，孰料最美却在密林幽深处，奇异九寨斑斓五彩池，艳丽绝伦！

连着几日辛劳奔波，雪山，神奇的雪山！我终于在黄龙的夏日看见了皑皑雪山，有缘真真切切拜赏她洁白俏丽的身姿！

巍峨耸立，端丽氤氲，黑白分明，线条明朗，错落重叠，曲折有致，云雾弥漫，裙裾飘飘，如梦似幻。浩浩荡荡的游众，跋涉万水千山，耗费千万资财，享尽晕车呕吐、饥渴劳顿，不惜顶风冒雨、千里迢迢，奔你而来，仅为一睹你娇媚的容颜、高贵的气质、楚楚动人的风姿。仅为遥望一眼，便心满意足，乐此不疲，毕其一生竟不敢奢望第二眼！美轮美奂的黄龙雪山，你是纯洁、雅致、自然的美，美得令人眩晕，美得让人冲动！忽然有一种莫名的感觉，我们每个人是多么渺小，对这样的美竟然一生只能实实在在拥有片刻！不是每个擦肩而过的人都会相识，也不是每个相识的人都会让人牵挂！

歌舞表演，康巴汉子，爽朗多情；藏族女子，俏妙婉丽。戏里戏外，台前幕后，妙趣横生，意蕴绵绵，留百般想法，怕是今生难得忘却！

南瓜、冬瓜、萝卜、洋芋、豆腐、粉条、芹菜、莲花菜，鸡蛋番茄汤，八菜一汤，简洁雅致，朴素最美。

我知道，此地一别，不知何年何月再来！圣洁的雪山，彻底地荡涤我这颗混沌如麻的心吧。“人生最美好的东西应该是希望，尽管那希望是多么虚幻，而它能领引我们从一条愉快的道路走完人生的旅途。”我不错眼珠地仰望着雪山，希望能把这份宁静、清纯、神秘、美丽带回家，带回到那红尘滚滚、喧嚣嘈杂的都市里。

神奇九寨瀑布水，令我魂牵梦绕、流连忘返，大美黄龙白雪山，让我朝秦暮楚、目不暇接！

此游如此，所恋如斯，更美，须是不懈追求，筑梦明天。

宁夏游记三则

一、沙湖恣情

来吧，来吧，相约，相约在沙湖微波，似水柔沙。清风徐徐，细雨潇潇，沙美水亮，一路飞奔，直入那相恋已久的沙湖深处，芦苇丛丛，尽享那一抹柔情蜜意。

温软滚烫的沙漠绵延万里，曲折起伏，凹凸温润；碧水淼淼，波光粼粼，浩瀚无际。沙环水绕，水缠沙恋，相依相偎，不离不弃，脉脉厮守，千年不倦！

这沙、水、苇、鸟、山、鱼、荷花，原不过如此，那驼、马、滑沙、游泳、垂钓、滑翔、降落伞、摩托艇、冲浪。所有精彩娱乐俱为小儿科，惊不起内心丝毫的涟漪；所有的吃喝玩乐暂饱眼耳口福而已。一切皆因景随人美，艳丽绝伦。

乘舟涉沙，只将欢喜，在心海沉淀。最美，却是悄悄无语聆听轻柔的呼吸，“怦怦、怦怦”的心跳，和那抬首温情、低眉娇羞的一颦一笑，那黑黑的眼眸，享受心底静静的喜悦！

人生的真谛原是努力追求一个又一个希望，以及伴随而至的鲜花、掌声！不然，老态龙钟，颤颤巍巍时，心如荒漠。在贫瘠的土壤里播种希望的种子，不要把生命的希望早早埋在那浩瀚无际的沙漠里！

人生总是行走在十字路口。也许，我们选择了另一个路口，可是，在路的那边看到一个令我们心驰神往的背影，竟是在梦里出现了千百遍的那个人。于是我们满怀一腔热诚，一心希望奔向那个身影，当我们越来越接近时，却发现，那个人等的却是另一个人，或者，根本就是我们认错了人，然而回头已不可能了，我们只能带着一颗冰凉的心沿着这条我们并不想选择的路走下去。有时我们在走路的时候也经常地停下来等等某人，但等来等去那人始终不来，或者终于等来了，不是人家熟视无睹地走过去，就是人家已经有同行者了。孤影苍茫，谁人等在水中央？回眸浅笑间，人已黄昏。只要爱过，为美丽，为青春，为爱情，为生命曾经真挚地付出过，就该满足。尘世间，缘来缘去，情薄情浓，亦莫过如此。

生命只有一次，分秒必争。其实，谁也不会留意谁的存在，谁也不是谁的谁，自己才是自己的唯一！

二、西部影视城杂记

淅沥着细雨，撑起一把伞，寻找着曾经失却的记忆。

纵观古今，明城、清城、民国、一九五八年大炼钢铁、“文革”十年等，所有细节栩栩如生，所有人间悲欢离合重演。

感动人心的不是沙漠，裸露的不仅仅是文化的内涵，生命在此原本脆弱不堪。历史与现实交会成文物，伟人与平民淡化成传说，假作真时真亦假，真作假来假亦真，鱼目混珠，泥沙俱下，转瞬间，俱为尘土烟云！

只需记住：镇南堡，张贤亮，日子醉醺醺一晃而过。

好在，历史从来不曾空白。

三、沙坡头抒怀

人间七月，天蓝，沙净，心情沉淀成一弯涌动的黄河水。

走走停停、停停走走。那沙漠的阳光中，踟蹰蹀躞的你，修长的身影慢慢飘移。漫步踏行，轻轻的一声，好美啊！人生中可贵的是那些仅仅陪自己走过一程山水的人，携手并肩，哪怕只是一起走了一段景致漂亮的路，亦是感念。捡拾一块蛤蟆状的圆石，仔细把玩，原来，不是每一个癞蛤蟆都想（能）吃天鹅肉的！

沙恋水，水拥沙，谁是谁的谁，谁拥抱了谁的梦想，一丝感念，唱响一生！相聚是缘，离别淡然，谁也不是谁的唯一。邂逅的路上，轻轻抬头，那脉脉一瞥，便是今生永远的美丽！掬一捧清泉，愿下一次的轮回，依然有你：看不够的脸，那至清至柔的眼。

“兰花花”物化的浓浓师生之情，羡煞同辈，当传为经典！

美就是美。沙湖，我来了，梦里梦外，醉了一季；只此去回，醉了一生！我想：念起，便是温暖！

第五辑　吾之所好

相约文字，与梦同行

一路走来，魂牵梦绕许多。一些愿望实现了，一些梦想丢掉了，一些希望还萦绕在怀。

小时候，很想吃得饱饱，白面馒头大肉菜，鲜翠瓜果夹馅糖，逢年过节新衣裳，父呵母护哥姐爱，一年四季暖如春。

上了小学，背上书包当班长，“三好”奖状贴墙上，老师表扬同学夸。家里有台黑白电视机，晚上可以准时收看连续剧:《霍元甲》《射雕英雄传》《血疑》《十三妹》。偶尔邀约小伙伴，去打麦场看电影:《五朵金花》《阿诗玛》《少林寺》。早晨醒来，偷偷在小圆镜里瞧瞧，一夜间变得芙蓉出水，貌美若花。长大一些，想法更多，有工作有房有车有“money”，还有一个温馨的家，更想着畅游碧水蓝天、高原大漠、天涯海角。既为人师，渴盼学生聪慧成绩高，领导器重同事赏，身健体康心态好，家人和乐好运多。

每天的每天，辗转于名利琐屑，忙碌于苍莽庸俗，竟作茧自缚，故步自封，毫无见长。当虚荣的外衣一件件被无情剥下，内心的堤坝也一层层筑高。“养在深闺人未识，天生丽质难自弃。”我不愿意每天只顾着吃喝玩乐，东奔西走，嘈嘈杂杂，由着身体自言自语地说那些饥饱的事儿，一辈子只在肚子里画出的半径中度过。洗尽铅华，觅一隅心灵栖息的角落，摒弃浮世喧嚣，描山绘水，烹文煮字，香染流年，旖旎芬芳。在短暂而美好的岁月里，在心里种下一朵鲜艳亮丽的花，保留一份刻骨铭心的真，让生命与爱好一路同行。每每想起这个天真的梦，心就开花——灿烂而妩媚，剔透而晶莹！

时光荏苒，岁月淡淡。夜深人静，我手写我心，写一路的成长，峥嵘的岁月，诸多灵动的时刻。一瞬间的感念，小小的欢喜，都是眼中无法抵挡的美丽。很多年了，那些人，那些事，滴滴点点融入记忆里，灿烂惊艳。

日日翻拣，寂然欣喜。我像一只卓尔不群的蝴蝶，徘徊在文字花园，等待色彩，等待花香——穿过三月的风，拂过四月的柔，艳过五月的火红，透过六月的绿，触过七月的热，品过八月的淡，走过九月的轻。一转眼，雁过翩然，捡拾一枚十月的枫红，安坐于季节边缘。相约文字，信手拈来，春秋尽融指尖；张开双臂，随意写字，一路向着花开的地方走去。一缕花香，两三声鸟鸣，四五点雨滴，荡漾出一片情怀；六七片树叶，八九间屋舍，描绘见一段传说。“争渡，争渡，惊起一滩鸥鹭。”始终相信，与温润的字相逢，是最美丽的遇见；与缠绵的文相依，拾得芬芳润流年。

相约文字，一如既往，守望纯美，静待花开，任时光老去，落叶成堆。我已经学会了忍耐和期待，并正视痛苦和死亡，不高言不多语，把低处的人生活成一朵野生的菊。一个人静，一个人清欢，一个人喜悦。即使未来尘满面，鬓如霜，亦无悔。窗外，天空蓝波盈盈，白云朵朵，凉风习习，云杉苍翠地站在微凉的西风中。

“开心文中静悄悄，不知岁月老。”我愿，带着一支笔，和一颗有梦的心，在文字的馨香里，任心飞翔！

与文字牵手，共度一些美好

我生长在一个群山环抱、温馨秀气的小山村里。从有记忆始，便与书结下不解之缘，一往情深，形影相随，朝夕相处，坐卧不离。

从小学一年级上学开始，共计四十多年的伴书生涯，废寝忘食，不舍昼夜，度过了人生美好的岁月。从教的 30 年期间，通过自学，先后取得大学汉语言文学专科和本科毕业证书，不间断地参加各类学习培训活动。目前坐拥小学、初中、师范、专科、本科 5 个毕业证书和几十本培训证。估测算来，当至少浏览阅读过 2000 册以上的书。可我总谦虚地认为，这系列读书教书，皆勉力为之，很是被动。因着喜好兴趣、学业成绩、教学任务、休闲娱乐等故，鹦鹉学舌，走马观花，囫囵吞枣，照本宣科，浅尝辄止，“磨刀少切菜”。究其实，粗识几个字，出口难成章，动笔不成文。悄悄想想，真还算不得一个文化人。

小学时，作文曾得老师赏识，作为范文宣读张贴。上了初中，视野稍宽，承蒙老师垂青，推荐在校报发表过一篇粗陋文字。进入师范，参加班级文学社，在社刊《青蔓》发表《柳叶儿落了》《校园故事新编》等大作，过了几回文学瘾。从教后，一心一意埋首教学，“备、讲、批、辅、改”，眼睛盯住几个阿拉伯数字不再松开。闲余时则盘桓于衣食住行的计较、油盐酱醋的操持或纷扰错杂的人事来往，乃至于思维僵化停滞，嘴拙手笨，有时连话都懒得说了，以为“沉默是金”。读读想想，写写改改，竟成了遥不可及的奢侈品。

时光丰盈，岁月静好。一路走来，一些生活梦想已然实现：父疼母爱，家人和乐，孩子聪颖，小日子也算温馨雅致。参天大树有凌云的壮志，肥硕大象渴望巨无霸般壮美，机警的小狗向往月夜轻吠，小虫儿祈盼夏夜唧唧，柔嫩的弱草只望吐翠结籽。说来贻笑大方，班门弄斧，粗陋平庸的我，除了学会拔草喂猪、上山放羊、吆牛扶犁、为人师表外，更想着“挥斥方遒，指点江山，激扬文字”。不负韶华岁月，不误灿烂人生。静心想想，已觉时光充盈，山色明媚，碧水潋滟，一派清旷。

岁月好似指间的沙子，轻轻合拢时，沙漏划过皮肤，惊醒淡淡的疼。“文章千古事，得失寸心知。”沿着一路芬芳，倾诉心声，思考人生，探寻真谛，往来古今，俯仰人生。不因夏日酷暑漫长难耐，不为秋夜蚊虫叮扰愁眠，更不计冬日寒风肆虐，每一场动笔，都是一次丰盈的幸福，擦出怦然心动的喜悦。“没有比脚更长的路，没有比人更高的山。”光阴的故事里，读读写写本是开在心坎上最美丽的一朵玫瑰！

端坐书房，品味文稿，似一杯红酒，苦中有甜，甜中含着温润。“铁肩担道义，妙手著文章。”面对着生活的无奈，理想的迷茫，坚持着用书写留住美好。即使这个世界太喧嚣，随时都会让人动摇意志，也不醒来，给自己一个思考的习惯，留存一个晶莹的梦，不被剥夺和改变，做一个高歌的云雀。

“文章本天成，妙手偶得之。”几度花开，处处芳草；篇篇文字，墨韵飘香。若时光倏忽，则坐着轮椅，戴上花镜，在日薄西山之前，翻开泛黄的笔记，光阴堆砌的悲喜，依旧在经年的风里轮转，顾盼生姿，巧笑嫣然。

如此，请许与文字牵手，相守相依，欣赏一路，收获一路，共度一些美好！

遥遥在望，方寸文学梦

多年以来，内心深处，始终萦绕着一个神奇而美妙的愿望，说来怕人笑话，想写一本书，显示自己的博学多识、惊才风逸。

小学四五年级时，仿写几首绝句或律诗，虽不成韵，倒也显出几分天真！上了师范，在班级文学社《青蔓》杂志发表三五篇习作，譬如《柳叶儿落了》《铮铮铁骨铁桥三》，还有几篇笑话，自豪喜悦。毕业时，专门创编小品《校园食堂故事新编》。

工作后，在山村小学当教师，信息蔽塞，事务繁杂，忙忙碌碌，除了工作，就是辗转于柴米油盐之间，不是走亲访友，就是打牌娱乐，以至于思维僵化，神智麻木！1998 年自学本科毕业，堂而皇之篡改（严格来说是剽窃）一篇论文交差。再后来，晋升中级职务，掐头去尾，东拼西凑，“写”出一篇“论文”，缴费登载于内刊。

2007 年工作调到一所小学，担任数学老师兼办公室干事，拟写计划、总结、汇报等文稿，文从字顺即可。如此，望文兴叹，随波逐流，任意东西，转眼卅载春秋逝去，只惜，我那美丽而诗意的文学梦无从提及。

“有心栽花花不开，无心插柳柳成荫。”2011 年 3 月，看到一则征文启事，心头一热，以父亲事迹写篇文稿投递。孰料 9 月底有电话通知获得征文二等奖，且发表在《兰州工运》！捧着证书，双手颤抖，生怕一不小心，长翅膀飞了。凡事贵在坚持，持之以恒，不就是看看、想想、写写、改改吗？在文学这片宁静幽香的天地里，可以大言不惭，班门弄斧，不必溜须拍马、阿谀奉承，且不顾忌资财、绯闻暗伤。也许没有惊天地、泣鬼神的壮举，但能让千年铁树开花，四季雨雪消融，更可知晓众山之高，仰之弥高！

改变，从相信自己开始。从此，我专心写作，编辑成册！

我的方寸文学梦，怕已遥遥在望！

我的恋书情缘

我喜欢一个人安安静静读书，讨厌电视。主持人危言耸听、娇声嗲气，电视剧不连续，千人一面，大同小异，广告时间太长，不如拿一本书，任思绪飘扬。

现在想想，少年时候看过不少连环画和故事书:《闪闪的红星》《苦菜花》《铁道游击队》《林海雪原》《青春之歌》和《爱的复活》等。提起书中人物，实在佩服那双枪李向阳、江姐、孙悟空、二郎神、潘冬子、杨子荣等，飒爽英姿，机智勇敢，尤其富有个性的“林道静”和纯情如水的“周美芳”，刻骨铭心。

那是20世纪70年代末的一个暑假，大哥不知从哪儿借来《青春之歌》和《爱的复活》。我如获至宝，翻来覆去看了几十遍，直到看烂方止。《青春之歌》主人公林道静，出生在一个破落地主家庭里，她备受养母摧残。长大后，养母徐凤英欲将她许配给一个叫胡梦安的局长做填房。道静不愿意，逃出家门，去寻找自已新的生活。道静美丽纯洁善良，文雅倔强的个性，让我从心眼里喜欢，也喜欢上了《青春之歌》。小说《爱的复活》，主人公美芳和文采是一对恋人，却因工作、生活原因不能走在一起，情节曲折，跌宕起伏，引人入胜。

上了师范，因为爱书，在图书馆和阅览室广泛涉猎古今中外名家巨作，达到几百部以上。总之，此生与书结下了不解之缘。没有书，人生的岁月咸淡无味。

参加工作后，在一所山村小学当教师。那里信息闭塞，事务繁杂，每日辗转于柴米油盐酱醋间，但凡稍有空儿，依然摆弄几本书，走马观花、不求甚解！有时外出，手边无书，感觉急慌慌的，不可安然入睡。

古人说，世无孔子，人类历史犹如漫漫长夜。今世与书结缘，书犹如一盏明灯，照亮漫漫人生之路。带着书，不再孤单、寂寞和无聊！心身疲累，情绪不好的时候，捧起一本书，嫣然如花，灿烂一片。因为书，我的岁月变得葱茏，生命喜悦灵动，书成了我的伴侣。

岁月沧桑，世事变迁，我与书结下了不解之缘。每天总能抽空捧着书读一会儿，不求目的，不问功名，自由畅快地寻找一种属于自己的安详和宁静。在当今欲望纵横的世界里，拥有读书这方净土，任我思绪驰骋，用飘尘的舞步轻歌曼舞，人生之幸也。

青春当歌，不负韶华
——读杨沫先生《青春之歌》有感

20 世纪 70 年代，大哥借来一本《青春之歌》，我如获至宝，爱不释手。

“她的脸庞是椭圆的、白皙的、晶莹得好像透明的玉石。”主人公林道静出生后生母去世，备受养母折磨。长大后，美丽善良，天资聪颖，养母徐凤英欲将她许配给警察局长胡梦安做“填房”。道静逃出家门，投亲不遇，跳海自尽，幸被教授于永泽相救。“月亮出来了，他们还沿着海滩散着步。”他俩形影相随，散步海滩，朗诵诗文，温馨浪漫。

“迷人的爱情幻成的绚丽彩虹，随着时间渐渐褪去了它美丽的颜色。”做饭洗衣、平淡无奇、无所事事的日子，道静心生厌倦。偶然结识卢嘉川，倏忽点燃心中向善求真的青春之火。

“小林，你很纯洁、很直爽。”卢嘉川，这位北大学生领袖，信仰坚定，英勇机智，才识过人。惺惺相惜，卢嘉川立即成为道静心中美好的憧憬和向往。从此，她关注民生疾苦，同情百姓生活，积极投身学生运动。一年多监狱生活的考验，道静挺住威逼利诱、严刑拷打，认清狰狞残酷的社会现实，完成一次痛并快乐着的人生蜕变。

“我真高兴，亲爱的同志！”第二次入狱，狱友林红仿如一盏明灯，用年轻的生命讲述革命故事。从此，道静坚定地走上革命道路，成为一个具有崇高信念和旺盛热情的革命者，平淡的人生绽放出亮丽耀眼的火花。

激越青春、民族危难、革命风暴、坎坷爱情，交织在一起，造就坚强隐忍的林道静，她对卢嘉川产生朦胧而甜美的爱意。“真的？你，你不走啦？……那，那就不用走啦！……”卢嘉川牺牲了，道静坦然接受江华忠贞不渝的表白。

小说成功塑造卢嘉川、林红、江华等一批优秀青年，讴歌他们信念的坚贞、青春的火花。任何时代，有可歌可泣的英雄人物，也有卑鄙龌龊的奸邪小人。小说也成功塑造胡梦安、余敬唐等一些狰狞丑陋、鱼肉百姓的贪官污吏，以及戴愉、白莉苹等自甘堕落、迷恋权贵、攀龙附凤的丑恶形象。

“她心里像火烧，眼里含着泪。”《青春之歌》承载着饱满的人文精神和家国情怀乃至对人性最深刻的揭示，激情澎湃，催人奋进。林道静美丽热情，文雅倔强，信仰坚定，成长的历程中总有一种亮亮的东西闪现在身心。

“沉沉的黑夜，海愤怒地冲击着岩石，发出惊心动魄然而又单调寂寞的声响。”《青春之歌》是一部充满理想、激情昂扬的经典文学作品，用红色染满记忆，用斗争抒写豪情，用铿锵文字唤醒一代青年灵魂的共鸣。作品规模宏大，情节曲折，人物众多，性格鲜明，不失为当代文学史上一部优秀长篇小说。

青春当歌，不负韶华。谁的青春不芳华？即使有汗水、有泪水，也要对自己郑重说出：唯有努力，或可优秀。

活着，真好

五一放假，回家拜望年近八旬的父母，适逢儿时同伴邻家杨姓男子病逝，辞别严父慈母，爱妻稚子，亲朋好友，不恋人间草木，驾鹤西去，天地相隔，永绝音信，享年四十又八。

全庄男女老少二三百人俱来相助，料理后事。其场景嘈杂纷扰，哀怜凄惨。叹命运多舛，世事艰辛，岁月无情，人生苦短！

正午两点整，隆重庄严的起灵时刻，三十六响礼炮冲上高空，响彻云霄。众村民左呼右应，拥拥挤挤，奔向远山深处。

烈日当头，气温飙高，村民们健步如飞，挥汗如雨，越油路，涉水沟，顺山势而上，拉拉扯扯，呼呼应应，飞尘扬土。在噼里啪啦的炮声里，杂乱的人群至山顶处歇下匆匆脚步，打开啤酒、矿泉水“咕咚、咕咚”痛饮。

站在高山之巅，望群山连绵，逶迤不绝，微风掠耳，一片茫茫！问莽莽大地，死者如何？活者怎样？我幼时常随父牧羊至此，仰望蓝天白云，遥见野兔雄鹰，天真烂漫、活泼欢快，现五十而知天命，不远的一天，莫非如此，依然化作烟云尘土，随风而去吗？

活着，意趣太多。父母、妻儿、亲朋至爱——舍得哪个？活着，相伴早晚，说说话、谈谈心；白天看太阳，晚上数星星，做做喜欢的事！当然，栽一些鲜美植物，春赏花，夏耕耘，秋采撷，冬围炉边品尝。

既然活着，那就用心来做。父母妻儿、亲朋至爱，必当实在珍爱赞赏。美名，不懈奋斗追求；钱财，把握良机勤劳获得。这一切岂可轻言放弃？“会当临绝顶，一览众山小。”此值正当年，更宜勇争先！

春花、夏绿、秋果、冬雪，乃至所有的梦和微笑，都值得拥有。有爱，欢悦；有梦，踏实；有情，充盈；有义，坚强；有挂念的人和事，永远不会寂寞！

我想：活着，真好！

蹀躞学车记

社会的发展日新月异，拿手机，住楼房，自驾纷纭。2015 年 12 月，欣欣然报名学照。

科一交规：“驾校宝典”，模拟试题。如期应考，94 分合格。

科二：一波三折，险象环生。

早晨起床，多练几把。风猛天冷，瑟瑟发抖，望眼欲穿（教练车接送），等待的滋味不好受啊！一小时过去，“众里寻她千百度，望尽天涯路。”教练说：不好意思，昨晚迟了（或吃了点）。呵呵，好事多磨，需要耐心。

来到驾校，教练日理万机，偶尔示范，矫正方向，规范动作，强化指导，平常时日学员“传帮带”。本期学员，有位顾老师，热情细致，行家里手。如是多日，细心钻研，切磋技艺，其乐无穷。

1 月 22 日，参加科二第一次约考。6 点起床，7 点半到达，一等再等，再等还等，即将冻死时，教练带来表格（准考证），最末一位入场。看那出来学员，要么兴高采烈，要么垂头丧气，心情随之波动。中午 13 点，走进场地上车，心里像揣了只小兔子。“半坡定点起步、直角转弯、倒车入库”，矫枉过正，车速太快：左轮压线，不合格！“侧方位停车”，踩离合，挂倒挡，确点一掠而过，急急纠正，为时已晚，稀里糊涂：“不合格，请把车开回出发点。”嗨，挂了！过关者，欢声笑语，唱唱跳跳；未过者，沉默寡言，酸酸楚楚。

十天后，继续练习并约考。细思顾老师临别留言：车速要慢；不求最快，但求更稳。中午不回家，一桶“老坛酸菜”凑合。想我身经百战，岂被这小小科二阻挡！

2 月 14 日，科二第二次约考。鉴于上次挨冻受饿，疲累困乏，诸多原因失败，独自前往。十点上车，“倒车入库”判断失误，矫枉过正，左轮压线，悲剧重演！第二次机会尽如人意，规范完满，却不知如何驶入安全通道，竟冲撞库区边缘黄色虚线：“不合格，请把车开往出发地。”沮丧失望，考试无常啊！

又是一周，加班练车。暗暗告诫自己，练车即考试，不可掉以轻心，确保每次练习准确无误，有效防止考试出错；不然，诸多努力毁于一瞬，无功可言；天道酬勤，我会努力。5 名学员，每人两圈轮流。口干舌燥，“老坛酸菜”，矿泉水，五六天不止。这批学员有我 16 年前的一位学生文娟，清纯文雅，不时回忆起那遥远而美好的事儿，其乐融融！

3 月 7 日，科二第三次约考。一路无话，悄然前行。明眸皓齿的女生相伴身畔，寂然欢喜：不求最快，但求更稳，一气呵成。10 分钟后，踏上 45 号考车，从容不迫，刷证确认，挂 1 挡，松手刹，抬离合，驾车缓缓进入 8 号道。

“半坡起步”：稳步上坡，合格；“直角转弯”：合格；“倒车入库”：合格；“侧方位停车”：合格；“曲线行驶、左后轮轧线，不合格！”“糟啦糟啦，月亮掉到井里啦！”善哉善哉！

考车徐行，凝神贯注，小心谨慎。“半坡起步”：匀速前行，看倒车镜下边缘过双白线，立踩离合刹车；左转向，鸣喇叭，抬离合，松刹车，合格！“直角拐弯”：驻车等候考试区车辆远离，徐徐靠右侧行驶，看左侧窗花与黄线直角重合，飞快左打死方向盘，回正直行切二分之一黄线右打一圈，合格！“倒车入库”：左右飞，稳操胜券！“侧方位停车”：右转向，鸣喇叭，倒车看右后视镜黄色三角隐去，右急打方向，看库角回正，左后轮压线左打死，车正刹车，合格！“曲线行驶”：“逢左必先右，逢右必先左”，天衣无缝，一气呵成。“考试合格，请把车开回出发地！”“范进中举”，我过关啦！

清风徐来，阳光明媚！教练、文娟和我吃过阿西亚风情牛肉面，坐车入兰白高速转道水秦快速通道，20多分钟车程，倏忽到达皋兰，兴奋之情溢于言表。

科三：手足无措，功亏一篑。

连续三天路考练车，劳神费力。凡事复杂多变因素诸多，我得为科三路考做好充分准备。期待，花开半夏，水到渠成！

4月11日，科三约考。早晨6点，牛肉面加蛋，吃饱喝足。初春的早晨，刚下过雨，乍暖还寒。八点一刻，教练姗姗来迟，9点进入第一候考大厅，10点，11点半，12点，13点进入第二候考大厅。3点15分，验证上车。打转向、鸣喇叭、踩离合、挂一挡，考车缓缓前行，“请完成超车动作！”左转向进入超车道徐徐前行。电子语音播报：“已完成超车动作！”“刹车，下车。”考官意味深长地说。第二次机会，“请加到二挡！”加油，踩离合，挂二挡；“请加到三挡！”加油，挂三挡，考车速度一下子升到35码。“请减到二挡！”踩离合，踩刹车（反啦，教练说必须先踩刹车，后踩离合换挡），匆忙间车速三十码降为二挡，威严的考官说：“停车，没事的话，可以直接回家啦！”忙中出错，悔之晚矣！

痛定思痛，勤奋练习。清丽澄澈的文娟也在，比邻而坐，日子并不寂寞。天遂人愿，志在必得。

5月23日，科三补考。从容不迫，上车坐稳，调座椅，系安全带，左转向，摁喇叭，踩离合挂一挡，放手刹。“起步，变道，超车，左转，右转，掉头，通过路口，人行横道，学校区域，公共汽车站，直线行驶，加挡，减挡——靠边停车！”考官露出灿烂的笑容，“合格了，签字去吧！”中午时分，梨涡浅斟的女生为我泡壶碧螺春，握手庆贺。

5月24日，科四：文明驾驶，轻车熟路，98合格。

2017年5月24日，是一个值得记忆的日子，我拿到了C1驾照。半年学照，酸甜苦辣，也曾经历。科二挂2次，科三挂1次，一波三折，险象环生。当然，学车期间，投教练嗜好，敬烟小酌，人情世故，本为常态。呵呵，学车原是一件虽残酷倒也挺有趣味儿的事。

谨以此文，与学友共勉。

节约，从一张纸开始

我在学校办公室兼职，一干 10 年，每天接听电话通知、收发文件，配合处室部门，打印资料相关事宜，总是看不惯“打印”诸多资料，浪费恁多纸张的“芝麻”事儿。

办公室配备一台打印复印一体机，为学校所有处室和教师个人打印文字图片资料。每次检查，无非听汇报、查资料、现场查看、实地走访、座谈了解等环节，当然主要查看文字和图片资料。“材料准备得齐不齐、好不好、美不美”，直接决定检查效果、考评分数。于是乎，同志们日急慌忙前来打印各级各类资料，轮流排队，人和打印机忙得不亦乐乎。一旦打印机出现卡纸或不工作状态，急急寻求他人帮助或邀请专业人员上门维修。

检查的日子，会议室桌面摆放整齐，有序排列着三五十盒资料。一本本资料，从封面、目录、方案、内容、过程性资料印证、总结等，自成一册，供检查者过目，逐项评分。多年累积，现在会议室和各处室档案柜，上中下三层，挨挨挤挤，满满当当，多达数千册，亦不为过。就其实，许多资料重复，内容雷同，无非改头换面，掐头去尾，有些甚至只是改变名称和时间。反正，一期结束，要用挺多白纸和油墨，实在令人叹惋。

联想起来，我们一所小学都要打印这么多文字图片资料，那些中学、大学，乃至政府机构呢，若也这样，那浪费数目可就实在惊人啦！日前，看到人民日报批扶贫形式主义：今年5月，有一个乡迎接检查团，仅打印费就花了10多万元。各类登记表、调查表、信息采集表、帮扶卡、扶贫手册、整改台账，甚至为打印资料，用坏了3台打印机。我们诸多部门，时时刻刻、口口声声开展节省节约宣传教育，那信誓旦旦的话又有哪些执行到位，实在不敢苟同！

看菜吃饭，量体裁衣，勤俭节约，本是常理。资料打印，劳民伤财，增加成本，影响实效，败坏作风。中央“八项规定”第三条：要精简文件简报，切实改进文风，没有实质内容、可发可不发的文件、简报一律不发。“浪费不是小问题，而是思想里、骨子里、作风里的大问题。”可见，管理不精致，要求不严格，涉及作风建设问题。

谁知盘中餐，粒粒皆辛苦，浪费本是犯罪。强烈建议：纸张使用，尽量节省节约，并设立纸张回收箱；发文、打印材料，对文档的页边距、行间距、字符边距、字号大小做出明确规定，采取双面打印的方式，在文稿定稿前尽量以电子文档的形式传阅修改，以此减少纸张的使用量。在办公电脑、复印机、打印机的使用上，明确每台设备的责任人（使用人），不至于损坏打印机，造成重复浪费。

改变从相信开始。凡事复杂，“没有调查就没有发言权，实践是检验真理的唯一标准”“天下大事，必作于细；天下难事，必作于易”，但请“肉食者谋之”，节约，从一张纸做起，持之以恒，则善莫大焉。

特此撰文，仅供商榷。

戒烟，做个优雅的人

烟民们知道，近三五年来，街头商场、购物中心、街头小卖部，5元1盒的“兰州”或“白沙”隔三岔五断货，10元及以上中高档香烟品种齐全，琳琅满目，让我这个三等烟民实在无法接受，眼巴巴瞅着活活被“饿”晕。10元及以上的中高档香烟，过瘾酣畅，清爽通泰，只怕囊中羞涩，望“烟”兴叹，不敢问津，太“砝码”了。于是，“弹尽粮绝”的夜晚，更深人静，烟瘾大发，辗转反侧，只得满地板溜圈儿，恨不得立马天亮，直奔小卖铺，不论贵贱取1盒，节约着抽，也就支持大半天，10元崭新的人民币早早儿报销了！

我是个铁杆烟民，屈指算来，烟龄近二十年了。起先抽1元的“金城”，带过滤嘴儿大众化，也算体面。过了一段儿时间，“金城”的烟味越来越冲，气味刺鼻呛人，口感越来越差，于是换成“宏图”和“海洋”，纯正软和、可口入瘾，衣兜里的小钱亦可勉力维持“生计”。再后来，物价飙涨，“宏图”“海洋”不见，代之以“兰州”或“白沙”，坚持了好多年！

父亲抽旱烟卷儿，他见我抽带过滤嘴儿的烟，老是提醒少抽一些，省点儿钱贴补家用；妈妈常常唠叨：少抽些，把人身体抽垮了咋办；媳妇实行家法，严格控制财政支出，并就治理家庭环境污染采取过种种措施，分而治之，发动“两伊”战争。几次三番，但凡稍有自知之明，是该认真反省了！

细细想来，吸烟一事，实为头等大事。假如，1 天 1 元 1 盒，一年 365 天，不就 365 元吗？加上节假日或特殊情况集中突击消费，一年核算应当在 500 元以上，较为科学准确。多乎哉，不多也！遗憾的是现在一盒烟最低档 5 元，那么，一年下来该是五倍以上，算算，不就是 2500 元吗？若能活到七八十岁，烟龄四五十年，保守估算耗费也得 12.5 万元，呵呵，多乎哉，真多啊！十几万元，对于一个靠天吃饭、望雨生存的家庭来说，难道不是一个天文数字吗？

“锄禾日当午，汗滴禾下土，谁知盘中餐，粒粒皆辛苦。”这已经不是钱的问题！我总是责怪别人如何如何，埋怨他人怎样怎样，把自己看作完美，毫无瑕疵。谈天论地，评古道今，仿佛真理永远站在自己的一边，若是连这个习惯都改变不了，奢谈改变社会，改变他人，岂非天方夜谭、痴人说梦！

“一粥一饭，当思来之不易；半丝半缕，恒念物力维艰。”瞧瞧周围的同事们，谁还在吸烟？古人云：“朝闻道，夕死可矣。”戒烟吧，养个好习惯，做一位讨人喜欢的优雅男士！

那人，那景，那时光

或许，一份爱，错过，就不再拥有；但一个梦，若错过，还可以传递。

一辈子，一瞬间，深有同感。很多年了，有些人，有些事，一直触动着我的心灵。一程山水，一段故事，总有些风景念念不忘。生命的驿站里，一花一草，一砖一瓦，一人一物，一缕清风，一处风景，一丝微笑，都是一个动人的故事。邂逅的，错过的，经历的，路过的，那些微小不起眼的事儿都会牵动最柔软的神经，滴滴点点沉落在记忆里。我羡慕甜蜜的爱情，尊崇豪迈的英雄，敬重仁厚的人性，膜拜生命的图腾，也同情苦难和哀恸，愤懑虚伪与猥亵，鄙视怯懦和苟且，不齿做作与贪婪。

故园深秋，就像一支清远的牧歌，寂寞而又悠远，难忘的岁月，那辛酸的历程，有过的温暖与关怀，依然留着青葱的痕迹。始终相信，有些人，念与不念，都是心里的暖！只因，情深于水，爱重于山。

春花秋月，夏阳冬雪，或山水，或离情，总关风月，也关冷暖，都是一份喜欢。我手写我心，一路的成长，峥嵘的岁月，诸多感动心灵的瞬间，将途经的每一片脉络镌刻上喜欢与怀念，把那些纠结的心事，以信笺的形式，一一记录，装订成册，给自己保留一份生命的真，留下一些岁月里最深远的美好情意。

人生沧海一粟，除却生死，一切皆是小事。我心向暖，花开倾城。就这样，依一盏灯火的温暖，伏案疾笔，相思成殇。

时光如水，日子似风。岁至天命，旧时堂燕在屋梁下渐渐老去，额角皱纹增生，时光若都如此度过，一生岂不冷清寂寞。自知浅薄，却又耐不住寂寞，别无选择，与其在别人的辉煌里仰望，不如亲手点亮自己的心灯，用喜欢的文字书写：那人，那景，那时光，那些事儿。坚信，有梦，就有希望。

“细水长流与君同，繁华落尽与君共。”在日薄西山前，翻阅曾经的往事，勾起美好的回忆和那华丽的梦，心潮澎湃，美若童话，叮咚润心。

文字苦旅，一路向暖。“咬文嚼字”“吃书果腹”，陌上花开，自得其乐。

心是河的水，梦是河的波。撰文，只为，不枉此生，不负韶华。

夕水人家论文妙语录

2019年冬，“一粒红尘”（本人微信名）重逢初中同学“夕水人家”（微信名），互加微信，探讨习作。但见“夕水人家”用语见闻博广，意蕴情真，文辞精妙，遂摘录对话如下，仅供商榷。

一粒红尘：夕水人家，你好！同学重逢。分享习作，恭请指教！

夕水人家：你好，一粒红尘！你有故事，我有时间；不必拘束，尽管传来。

一粒红尘：恩师难忘，首荐《您好，老师》《老师，节日快乐》，见笑。

夕水人家：少年感师恩，如数家珍；梦想装心田，永存希望；成年做园丁，孜孜以求；桃李满天下，无怨无悔。

一粒红尘：言辞精妙，字字珠玑。你，干啥活？

夕水人家：读你习作，如话家常，情真意切，文笔流畅。我，无业游民也。

一粒红尘：故事如书，逐一分享，尤嗜夸誉，切勿吝啬。看《同学，同学》《想起小露》二文，如何？

夕水人家：《同学，同学》，岁月穿梭，字里行间写满青涩；情窦初开，眼角眉梢都是美好。温润如玉，“发乎情，止乎礼”，言尽而意未穷。《想起小露》，记忆如剪辑的时光碟片，温暖着少年甜美的胸怀。才觉春暖花艳，山色温婉；却已雪花烂漫，岁月清欢。人生大抵如此，刚才是美丽少年，转身已华发苍颜。忆往昔青春岁月内心小鹿乱撞，叹今朝迟暮年华满眼风轻云淡。

一粒红尘：“久旱逢甘霖，他乡遇故知。”你的赞誉是我前行的动力！读读《我的兄弟姐妹》。

夕水人家：风是家乡暖，雨是血骨浓；儿时一片天，今日满腔情。细数手足历历事，根至关怀辈觉亲；风雨四季轮回转，亲情长流润心田。

一粒红尘：《悠悠榆师》，承蒙教诲，多多益善。

夕水人家：当年考上榆师的人，都是品学兼优的佼佼者。上榆师，不仅是家里的骄傲，也是学校的骄傲，更是自己的骄傲。优秀的榆师，为乡梓培养了一批批才华横溢的灵魂工程师。一朝入得圣师地，琴棋书画百般趣；心喜神欢快乐意，人生至此逢佳运。育人如育树，呕心又沥血。美好的校园生活，开阔你丰盈的精神世界，成就了此生的荣耀光彩。你的美文佳作，叙的是事，抒的是意，爱的是人，言有尽而意无穷。哦，我的感觉就这些。有感而发，自撰《画心》，你也谈谈。

一粒红尘：《画心》写心，借时光推移，抒心境变迁，人世沧桑，蕴味隽永，却孤寂清凉，不忍卒读！恐见识浅陋，王婆卖瓜，也罢！

夕水人家：文如其人，榆师厉害，成就这般精华弟子！共酌。

一粒红尘：别吹牛，《四载同窗，一生同学》，怎样？

夕水人家：昔日同窗喜相约，故地重游换新颜；美目悦心又相逢，且行且惜惬意生。内心丰富灵动，文笔细腻流畅，文采杠杠的！

一粒红尘：《美丽什川，梨花胜雪》《喜欢梨花，那份天然的白》，夸夸什川的千年梨花。

夕水人家：数篇梨花颂，由花到人，由眼前景到记忆的美，实物图映射情感波——颂了故园梨花白，抒了心中暗香情！美词串串，佳句连连，百读不厌，快意清爽！

一粒红尘：写花亦写人，竟不知花艳还是人美！

夕水人家：只有心神安静极致的人，才能用灵魂的触角，聆听到花开的声音：如雪的梨花，脱尘出世，冰清玉洁，玲珑剔透，不沾惹红尘间的点滴世俗，怎不惹人爱怜。借花喻人，以人拟花，美了眼，悦了心！

一粒红尘：《走在那一段乡路》中的秀莲，刻骨铭心，念念难忘。

夕水人家：心中有世界，笔下有乾坤。有一种方式是叙事，有一种情怀是寄托。一方水土养一方人，一份家书寄万分情。行走万里，浓烈的乡愁是系在游子心尖的牵绊，清脆的乡音是响在浪子耳畔的呼唤。纸短情长，写不尽家乡意，叙不完真挚爱。

一粒红尘：《七月，家乡的杏子红了》《父亲，依然想你》。

夕水人家：七月的杏子，是家乡诱人的果品；七月的绿色，是家乡繁盛的气息。年年岁岁，兜兜转转，总有一种情怀是回家，总有一种回味是叫故乡。《依然想你》：全文未言孝，孝已显其中。字里行间的述说，是对老人的梦牵魂绕；句句相告的表白，是对老人的刻骨铭心。愿，天堂没有病痛；愿，下世仍为家人！

一粒红尘：《高山仰止，大爱无言》，读来泪眼阑珊。

夕水人家：父爱是山，言传的是担当责任；母爱是水，身教的是怀柔慈悲。儿时父母是天地摇篮，长大父母是归处港湾。儿行千里母担忧，意恐迟归密密缝。父母在，尚有去处；父母亡，只剩归途。娘在，家里就永远有盏为自己点亮的灯、温热的粥、滚烫的茶水——童年，母爱是全能的魔法师；少年，母爱是万能的战斗士；中年，母爱是得力的好助手；暮年，母爱是暖热的避风港。娘在，天蓝花艳好时光；娘去，云悲风泣寒天地。羔羊跪乳情，乌鸦反哺意；心怀百事安，无愧在世魂。妈妈，永远是我们心底最柔软的温馨。

一粒红尘：《家乡的甜枣儿》《村里的小芳姑娘》，百般纠结。

夕水人家：家乡的红枣树、村里的小芳，是血脉相连的乡情乡影。

爱了，故乡的山川草木；爱了，故乡的父老乡亲；爱了，故乡的飞鸟蛙虫——爱了，是一种内心的充实，是一种脚下的丈量，是一种生命艳丽的色彩！

一粒红尘：读你文句，痛彻肺腑！你个无业游民，阅历丰繁，文辞豪华，恐已成精，非仙即道啦！

夕水人家：人之一生，情谊是生生不息的生命之火，懂得是地久天长的爱情之魂。容你才华横溢，许我信口胡诌。而我，即便成妖也不是仙！

一粒红尘：再看《兄弟姊妹们，相约回村》《几首儿歌》吧。

夕水人家：都说，越是老去就越爱回忆。回归老家，满满当当都是儿时做“贼”的故事。童心、童真、童趣，是一种天真烂漫，一种无牵无挂，一种纯粹纯真，那是世上最美的笑容、言语和眼神。愿，老去的容颜有一双澄澈的眼，膨胀的心底存一颗纯粹的心！

一粒红尘：《生活，是一种努力》，平凡需要追求；《追梦大工，我心飞翔》，素朴还得延续。

夕水人家：“宝剑锋从磨砺出，梅花香自苦寒来。”朴实的叙述，追忆半生不懈的历程；坚定的信念，展示昂扬向上的步伐。砥砺前行，不负韶华，你儿如你一样优秀傲娇，岁月何曾蹉跎？回首看，往事似潮水涨落沉浮；抬眼望，前程如焰火璀璨耀眼。

一粒红尘：《小岔小学帮扶记》，谈谈教育吧。

夕水人家：再苦，不能苦孩子；再穷，不能穷教育。长途跋涉，攀山越岭，帮扶山区是一件莫大的善举，让幼小的乡村孩子觉察，读书是一种幸福。

一粒红尘：生活不乏故事，人生不缺趣味，且看《夏河美美，小草青青》。

夕水人家：生活中往往有很多在当时来看是伤筋动骨的事故，几经周折后全成了风轻云淡的故事。高山流水遇知音叹酒逢知己千杯少，一片冰心在玉壶说天下一知己足矣。前世因后世果，纷纷扰扰红尘劫，千千阕阕世俗结；当局自是剧中人，旁观却为看者清；说多情无情也是情，说有情绝情才是情。从别人眼睛里谈认识终是窥斑见虎，从自己内心中读懂才是和解生命！花开一路，半夏为时；秋叶飘落，静美为秋。但凡经历，都是生命里的美丽。

一粒红尘：虚之滔也者众，趣语妙词者，唯君矣。顺推《七月，又见马兰花开》《苑川河之恋》。

夕水人家：同窗相约喜相聚，旧地重游，倍觉欢喜；山花烂漫遍地开，笑声朗朗，心醉神迷。月似当时光，人亦娇模样；红泥小火炉，煮茶话短长。岁岁年年转，终得结心愿；笑看世间花，梦美醉眠心！

一粒红尘：《桃花缘》，意味深远，品论当慎！

夕水人家：人生本过客，何必千千结。言辞华丽奢靡，臆想风韵多色；情谊虽温婉，轻狂成妄语。单说文笔，实在流畅；若说抒意，有些混沌！

一粒红尘：暖风醉人，邀君共赴一场花宴。《那年七月，游宁夏记》《九寨黄龙游记》《东湖之旅》。

夕水人家：走着走着，花就开了。黄沙漫漫楚天阔，海市蜃楼空中阙；一池碧水似珠玉，引得苍生年年顾。九寨沟海子灵动清澈，碧水泠泠，举世闻名；黄龙山瀑布缥缈隽秀，色彩斑斓，誉满天下。世上美景，秀不过九寨，俊不过黄龙，九寨归来不看水，黄龙归来不看山。心随境转是凡夫，景随心转为圣人！最美，却在身畔心底。

一粒红尘：身未动，心已远。《三月，江南行》。

夕水人家：流水江南，烟笼人家。江南是一把油纸伞，江南是一道青石巷，江南是一位娇绣娘，江南是一名俊才郎，江南是一座拱月桥，江南是一艘乌篷舟，江南是满眼的粉色荷、白色莲，江南是满目的细雨蒙蒙、烟雾缭绕；江南是梦中的画、脑中的诗、山的俊朗和水的柔美。江南是耳畔的琴声瑟瑟，口中的书声琅琅；江南雨，江南梦，江南烟雨千年情；洁白无瑕晶莹雪，千江万河素天界，都道红尘五彩美，哪知银装胜百色。

一粒红尘：《美丽的宕昌之旅》《浓浓椰香，爱上春光——海南七日游》。

夕水人家：《徐霞客游记》是第一次看的古人旅行游记，言简意赅，对于山水的描写很是引人入胜，对于风土人情的记述也栩栩如生。现代人们出行很是方便快捷，抬眼望就是山川河流 ，入心品就是佳肴美味。世界那么大，有空就看看，抬脚多转转……

一粒红尘：《清明，家乡杏花红》。

夕水人家：春风到，杏花笑，十里八村春意闹；清明节，祭先祖，千家万户磕头忙。语句温婉，天然纯美，悦目赏心，浮想联翩！

一粒红尘：《一方红手绢》。

夕水人家：卅载往事，历历在目，栩栩生动。懵懂学子，天性如花；乡村女孩，素心如雪。一方红手绢，情谊无限深。文笔细腻，情感丰富，写得非常棒啊！你的意思，我懂。

一粒红尘：《向阳花开——生命叙事集》。

夕水人家：送我的美书当然喜欢啦！静静的日子里，读字里行间的温暖，也是一种解脱。喜欢文字的格调，喜欢文字的幽默，喜欢文字的温度，喜欢文字的力量！更迭岁月充实生命的厚度，日月交替丰盈收获的满满。一个真实的生命历程，令人艳羡，不可想象。“人还是要有梦想的，万一实现了呢！”只管努力着就是啦！（容我细品，再行交流）

一粒红尘：回眸 37 年前，时风狭蔽，懵懂无知，自顾不暇，任凭美好错过。岁月倏忽，冥冥邂逅，所有的重逢，皆有因果。原来，那个站在操场边说着要一起长大的人，却在这里。

夕水人家：这个春节很是安静，安静得有些忧郁，有些迷茫。最近，千万别出门！待春暖花开，我们，喜乐重逢。

夕水人家：人生是坐车，上下乃常事。余日长长，前路漫漫。我们，自安其梦，且惜且念且行。记住，千万别出门。

一粒红尘：凡所叙聊，整合成文，附小诗一首聊赠。

我似乎见过你

在那个似乎懵懂的年纪
我似乎牵着你的手
一起走过那条羊肠小道
你说两边的花朵很美
还有花羽毛的小鸟双飞
似乎还有一些悄悄话
要等在最美丽的时刻表达

而今凉夜如水
再去回想那些过往年华
心中充满了惆怅
任风吹落美丽的花朵
在那条荒芜的羊肠小道
远远的，远远的
念着就好

2020 年 2 月

第六辑　教育札记

遵守宪法，从我开始

心中有法，心有所属。众所周知，《中华人民共和国宪法》是我国的根本大法，宪法是人民意志的体现，治国安邦的总章程，保护我们的人权、财产，神圣不可侵犯。同时，遵守宪法和法律，又是我们每个公民应尽的社会责任和道德义务。宪法和法律就是一柄双刃剑，既惩治坏人，也约束自己，赋予你权利，也让你肩负责任。我们是学生，遵守宪法，就是遵纪守法，遵守《中小学生守则》和社会公德。

心存敬畏，行有所止。遵守宪法，遵纪守法，即在身畔。大家知道，总有一些不遵守宪法，不遵纪守法的问题，比如迟到早退，损毁公物，打架斗殴，诈骗偷窃，违反交规，破坏环境，携带易燃易爆品乘车坐船，更有那些严重违法犯罪问题，这种种违法违纪事例不胜枚举，触目惊心。有人说：法律好比一艘在大海上的船，在船上行动是自由的，可一旦跨出了这艘船的底线，就会掉入海里，接受法律的惩罚。有谁胆敢将法律轻蔑，他必在法律的惩罚下毁灭。正所谓：天网恢恢，疏而不漏！

有法约束，方能立人。作为一名新时代的学生，遵守宪法，遵纪守法，必须从我做起，遵守《中小学生守则》和社会公德，克己自律，文明谦让，尊敬老师，团结同学，体谅父母，诚实守信，爱护公物，保护环境，自觉抵制不良诱惑，善于用宪法来维护自己的合法权益。妈妈说，宪法是一张无形的安全网，让我们快乐地成长。爸爸说，宪法是行动的指南针，让我们和谐相处，健康发展。

遵守宪法，遵纪守法，是一种行为操守，更是一种道德修养。宪法是一柄正义之剑，惩奸除恶，维护社会稳定；宪法是一把保护伞，遮风避雨，保障公民权益；宪法是一座明亮的灯塔，引航指路，指引人生航向。让我们行动起来，从自己做起，弘扬宪法精神，建设小康社会。

“千里之行，始于足下。”今天，我们桃李芬芳；明天，我们是社会的栋梁。脚踏实地，不惧风浪，学习宪法，遵纪守法，养成优良道德风尚，建设美好家园，从我开始，从你开始，从我们大家开始，这是我们青少年的庄严承诺。只有这样，我们才能成为合格的国家小公民，社会的小主人，成为一个文明、诚实、守信的人，一个对国家有用的人。

从教工作一日记

“叮呤呤——现在时刻早上六点整！”闹铃响了，睁开蒙眬的睡眼，一骨碌爬起，起床洗漱，穿戴整齐，匆匆踏上向学之路。

晨曦微露，冷风飕飕。7：30，准点进入校门，搓搓双手，走进教室，打开窗户，清理桌面，等候同学们陆续到来。两名学生迟到了，问清原因，叮嘱几句。抽查作业，布置早读：李白的《行路难·其一》，带着学生轻声朗读：“金樽清酒斗十千，玉盘珍羞直万钱……长风破浪会有时，直挂云帆济沧海。”校园里书声琅琅。

8：00，第一节课。“上课！”“起立！老师好！”光荣之感油然而生。“今天学习《古诗二首》：《鸟鸣涧》《暮江吟》。”讲解古诗文是我的拿手好戏，打开幻灯片，字斟句酌，条分缕析：“王维，唐朝一位文艺全才，诗、文、书、画著名。月出无声，而山鸟惊飞，动静相衬。”一边讲，一边比画，从台左到台右，从台前走向学生周围，滔滔不绝！学生们的眼光跟着移动，小脑袋晃来晃去。“斜阳照水，波光闪动，新月如弓，露珠晶莹。”声情并茂，妙趣横生。孩子们凝神贯注，童音欢畅。

9：30，两节语文课结束，陪着学生做眼保健操，而后带领同学们排队下楼！操场上，阳光明媚，绿草如茵。伴着优美的旋律，与孩子们尽情嬉戏：打球、踢毽子、跳绳、捉迷藏、跳锅庄舞，奔跑跳跃，开心而满足。是啊，“有小孩的地方就有欢乐”。

10：10，第三节课，参加语文组教研活动。带上笔记来到三楼教室，听小花老师的公开课《望月》。小花绘声绘色，张弛有度。11：00，批阅作业，字斟句酌修改习作《我的老师》。读着同学们那充满童稚的话语，不禁心潮澎湃。摘出几篇作文，准备明天讲评。

11：40，放学。整理路队，叮嘱孩子们注意车辆，不在路上贪玩。是的，应该让上学成为学生每天最开心的事情。而后，回家。

下午 2：10，坐公交到校。2：25，午读，指导阅读。2：30，备课。3：10，到图书室选取 45 本课外书，下发给孩子们晚读。3：20，班会课：《感恩父母》，引导习作练习：写写自己的爸爸（或妈妈），表现父子（或母子）深情，要求畅所欲言，写出真情实感。4：20，课外活动，安排 8 名身材匀称、清秀俊朗的学生排练汇演节目，顺便检查教室、楼道、区域、林带卫生。看着同学们一个个小脸那么“happy”，觉得自己真的还很年轻。原来，童心未泯，是一件值得骄傲的事。

下午 5：10，给家长发微信告知作业，护送学生安全离校。“老师，再见！”一句句暖人的话语，一张张灿烂的笑脸，一双双挥动的小手，总是感动。回到办公室，填写《教师工作日志》和《学生评价手册》。“我不优秀，但，我很努力。我试着将自己种进花盆，假装是一朵花。”说这话时，小美老师的眼睛里燃烧着光。

呈人之美，成人之美。驻足校园，抬头仰望，满怀教育理想和激情，像蚂蚁一样生活，像蜜蜂一样酿蜜。其实，我们的校园，一直很美，很美。

“不积跬步，无以至千里。”吃过晚饭，上网研修培训。

谨以此篇献给小学老师，顺祝天天快乐，万事吉祥！

躬身践行，行稳致远

近年来，接触新教育，邂逅朱永新，启发颇多。

回顾自己30年的教育生涯：制订计划、备课讲课、批阅辅导、早晚自习、学习培训、组织活动、总结分析、撰写论文，忙忙碌碌，勤勤恳恳，但成绩平平，收效甚微，“行行重行行，与君（教育）生别离”。

纵观时下，科技发展迅猛，电视电脑、互联网、手机微信，信息量浩繁，实用便捷。但，有人反其道而行之，不舍抗日神剧，醉心于《甄嬛传》《芈月传》《延禧攻略》，痴迷于《奔跑吧，兄弟》《非诚勿扰》，嗜好微信闲侃、抖音K歌小视频，乐此不疲；青少年天性聪慧，触类旁通，专注于山海经、青云诀、天天三国，迷魂夺魄。岁月好似指间的沙子，轻轻合拢时，沙漏划过皮肤，惊醒淡淡的疼。生活不是儿戏，现实不是变脸，看电视、玩手机、打游戏、网络抄袭，望子成龙，岂非天方夜谭，痴人说梦！

“与君远相知，不道云海深。”朱永新说，营造书香校园，师生共写随笔，聆听窗外声音，构建理想课堂，建设数码社区，推进每月一事，缔造完美教室，研发卓越课程，家校合作共育，让师生过一种幸福完整的生活。这是对生命个体的尊重和唤醒，是对人内在潜能的开发和拓展。“新教育”如一缕春风，吹醒了僵化、倦怠的心灵，茅塞顿开；“新教育”如一股清流，让教师成为生命叙事的主角，自信从容，使孩子成为生命见证的主人，纯真活泼。原来，生活即教育，每一份真实的感动，就是对“新教育”的完美解读。

“师者，人之模范也。”教师职业，本身就是爱的事业。作为一名教师，要看到希望，发现存在的意义，找到生命的价值。“苔花如米小，也学牡丹开。”学生需要成长，而教师又何曾停下脚步！“已识乾坤大，犹怜草木青。”驻足校园，抬头仰望，满怀教育理想和激情，诗意和行动；走上讲台，教室就是一个温馨的家；改变方法，放下身段，把孩子当孩子看，像蚂蚁一样工作，像蝴蝶一样生活，温暖而踏实。

种瓜得瓜，种豆得豆。改变一个少年儿童的命运，除了读书，没有其他办法，没有捷径。教育即播种，把那些善良的种子播撒到生命体里面，让孩子们看到希望，看到未来，看到自己的努力方向。读一切好书，就是和许多高尚的人谈话（笛卡尔）。立德树人，培根铸魂，教会学生读书，责无旁贷；孩子喜欢读书，前途无量。“一分耕耘，一分收获。”守望真善美，为儿女，为学生，更为自己，晨诵午读，暮省随笔，行稳致远。无论身处哪里，心中点了灯，镶了星空，也挂了彩虹，生命就精彩了！

光是话不行，要紧的是做（鲁迅）。教育不缺乏理论，亦不乏思考，但，扪心自问，自以为“以理服人”，指望动动嘴皮子，说点什么，就可以改善孩子的状态，这怎么可能呢？怎么是教育呢？无数实践证明，说了不做，无论多么华丽的辞藻、高深的理论，一旦缺乏信仰信念、人格魅力的强力支撑，其生命力岂能长久。口言之，身必行之（墨子）。其实，新教育，只需要行动与建设，这是植入学校、深入教师和学生内心，唤起教育者和学习者的那份真诚和实在，不劳则无获。

十年树木，百年树人。行动，就有收获；坚持，才有奇迹。人生来是为行动的，就像火总向上腾，石头总是下落。“抬头做事，低头做人。”放弃那些虚伪，不切实际的浮躁，不忘初心，淡泊名利，静心求真。我们本能地感觉到，一朵具体的花，胜过一千句美丽的语言，所有美好的情感加在一起，也比不上一个值得敬佩的举动。坚信，水滴石穿的执着，追求就是美好，淡泊也是幸福。

一路向阳，只为童心灿烂。苏格拉底说：“教育不是灌输，而是点燃火焰。”“我们都在努力奔跑，我们都是追梦人。”（习近平）新教育之路，山高水长，我们不完美，但，我们积极践行，倾情守望，教并快乐着，学并成长着，一步一个亮点，一程一段辉煌，发现平凡生活的乐趣，用行动书写自己的教育生命传奇。如一束花火，用匠心守望初心，点燃一代又一代童稚的希望和梦想。

初心不变，矢志不移

“其身正，不令则行；其身不正，虽令不从。”又是一年开学时，看到一个个学生在家长陪伴下，欢欢喜喜走进校园时，心潮澎湃。

读书时，很是羡慕老师，知识渊博，儒雅俊朗，尤其崇拜初中时的那位名叫小君的语文老师，优雅大方，妙语连珠，令人痴迷。时光流转，岁月变迁。现在，我已是教龄30年的山村教师。回首自己的教学生涯，点点滴滴，一年又一年，在那块三尺见方的黑土地上耕耘播种，修枝剪叶，开花结果。六年一轮回，备课上课、批改辅导、组织活动，不亦乐乎。

晨光是美丽的，每天面对那诚实、憨厚的山村儿童，充满了信心，感觉人生如此美好！跨上讲坛，口若悬河，滔滔不绝，左手拿着黑板擦，右手握着粉笔头，旁征博引，深入浅出，化难为易，生动有趣。学生们的眼光跟着移动，小脑袋晃来晃去，聚精会神，专心致志。

“学高为师，身正为范。”以爱为本，以理服人，以身作则，把尊重与关爱毫无保留送给学生，学生才会真心亲近你。我们每个人的内心深处总是渴望得到别人的肯定，学生最大的愿望自然是得到老师的关心和爱护，尤其那些特殊学生，更需要老师那素朴实在的关注和疼爱。“数子一过，不如奖其一功。”

爱，当然不等于教育；但教育，永远不可能离开爱！孩子们千姿百态，不循规蹈矩，问题五花八门，用常态的眼光看待身边的每一个孩子，努力地去接近了解他们，并予以帮助，他们会觉得你身上有阳光，喜欢你，把你当成大朋友。学生犯了错误，我会把他叫到办公室说：“孩子，不要怕犯错，怕的是你不改正。”我想，孩子一定会心存感激的。

严慈相济，爱是法宝。生气是本能，但工作使然，“生气时也要友善”。一个人总有喜怒哀乐，不生气才是本事。虽然不一定会出现奇迹，但至少它能给师生带来一份舒心的沟通，有时还会带来双赢的局面。何况在学生面前，榜样潜移默化的力量是无穷的。多与学生接触互动，学会倾听，扬长避短，那么学生思想品德、纪律、成绩就会越来越好。学生怕的不是批评，而是不公正的批评；批评的目的不是让学生认错，而是让学生改错；教育目的不是把学生制服，而是让学生成长。选择适合的批评方法、时机和场合，让表扬与批评充满艺术性。

教育是一门艺术，更是一种享受。对待学困生要有花苞的心态。我们在欣赏花的时候，可能都喜欢那些盛开的鲜花，而忽略了旁边的花苞，可是那些花苞盛开后可能会更漂亮更美丽。花开放的时间有早有迟，那些学困生就像那些还没有开放的花苞，但最终他们会盛开的，也许会开得更精彩。平衡心态，潜心研究，努力出成果，本是我们每一位教育工作者应做的天职，把平凡的事务转化为精彩，把烦恼的事情转化为快乐。

“春风化雨，润物无声。”老师的言行举止，一颦一笑，无不对学生产生潜移默化的影响。因此，在学生面前，一定要乐观开朗、态度和蔼、充满朝气、用语幽默。作为一名教师，我们要看到希望，发现意义，找到价值。改变不了环境，就改变自己，进而改变所处的环境，用真心、动真情，把自己塑造成一个有魅力的人，一个新型魅力的老师。

“苔花如米小，也学牡丹开。”每个人都有自己的归属地。我是一名小学教师，我的职责是教书育人。公正爱生、以身作则，稳重沉着、端庄规范。一句暖人的话语，一张灿烂的笑脸，一双挥动的小手，总是令人感动。学生给我写信：“老师，您谈吐优雅，笑意荡漾，给我的不仅仅是知识，还有优雅与善良。像一盏灯，给予我一丝温暖，赐予我无限希望。每次想起您，温暖如春。谢谢您，老师，辛苦啦！”节日来临，许多祝福与贺卡纷至沓来，感受到一份浓浓的幸福和牵挂。

不变，从坚持开始。默默耕耘，从不言弃。平凡渺小，身体力行，许多美好的东西已经在我心底扎根。我将在今后的工作路上，调整心态，磨砺自己，努力学习，不断进取，承担责任，精益求精，做一名会学习、不生气、真心爱孩子的老师！

坚守执着，永不言弃

——我的“新教育”生命叙事故事

春来草自青，一岁一枯荣。恍然惊觉，从教30年啦。开学报名、备课讲课、批阅辅导、培训研修、组织活动——原来，与孩子们一起学习、活动，热爱并尊重学生，把赏识和鼓励送给他们，关心爱护有困难、学习落后和身患疾病的同学，本是老师的天生职责。

记得，一个名叫小雨的男孩，黑不溜秋，蓬头垢面，鼻涕兮兮，磨磨蹭蹭，上课不听讲，家庭作业要么不做，要么潦草粗糙。找他谈话，抓紧学习，认真完成作业，知错就改，争取进步，做一个好孩子。他却我行我素，毫无长进，几乎要被他气晕了。

于是，每次上课，专门检查他的作业，有意多次提问，课间尽可能询问一些问题，并安排学习好的同桌，暗授秘诀：不要歧视，尽力耐心帮助他。身为班主任，岂可退缩：不改变你，誓不罢休。很快，在我的多次鼓励和夸赞下，小雨同学遵守纪律，努力上进，成绩有了提高。现在，小雨同学已大学毕业，成为一名从教10年的中学教师，多次和我一起培训呢。

众所周知，我班小童同学患先天病，行动不便，性格孤僻，沉默寡言。且不说学习，说说他的卫生状况吧，头发蓬乱，脖子和手脏兮兮的，书桌乱七八糟，作业本皱皱巴巴，走近他，总有一股刺鼻的怪味儿。每次上课，我首先看他在干什么，询问需要什么帮助，鼓励坐正，认真听讲。课间安排几个孩子时时关心他，注意他的一举一动。有空儿的话，我就为他包书皮、削铅笔、听写生字词。放学时，帮他整理书包，扶他下楼梯。在我的带动下，全班同学自觉关心帮助他，没人欺侮他。现在，小童同学能够参与正常的班级活动，有事儿就找我解决。从小童身上，我学会了作为一个老师应有的善良和宽容。

学生们经常在作文里写道："老师，我喜欢你风趣幽默的谈吐，喜欢你灿烂温和的微笑！""老师，您和蔼可亲，一脸灿烂，讲课生动，声甜音美。""老师，节日快乐，万事吉祥！"读着那童稚的话语，不禁心潮澎湃，我看见了自己学生时代崇拜老师的影子。

不错，我是一名在小学的三尺讲台、课桌间穿行的平凡人，只是一棵普普通通的小草，但我想绿荫一片方寸之地；我只是一滴晨曦的露珠，却愿意滋润一株幼弱的禾苗；我只是一根能擦燃的火柴，总渴盼点燃那蓬勃向上的火苗；我只是一盏普通的白炽灯，希望永远照亮我的学生们徐徐前行的路！

我真的愿意：带着笑和爱，坚守执着，永不言弃！

孩子，孩子们

教龄 30 年，按说“修炼”成正果了。回味学生逾千的教育生涯，我深深明白，每个孩子原本就是活生生的人，有血有肉、有感情。虽然，有些学生懒惰愚笨，习惯不好，甚至冥顽不化，但是，他们天真烂漫、爱说爱笑会伤心，喜欢表扬、夸赞、赏识，不愿意接受冷漠、歧视，怎能依据所谓各类“标准”和“成绩”，衡量和区分为三六九等，好、中、差几层呢？他们岂是复制刻录、粘贴删除、打印成型的图纸，抑或晋级晋职、争名夺利的工具，甚至侮骂、责罚、发脾气的玩偶呢！

回想和孩子们在一起的系列情景，心在颤抖：他们在教室、走廊、会场跑跳吵闹乃至喊叫几声，抑制不住冲动，不也挺正常吗？迟到了，肯定有很多理由。有人上课钻到桌子底下——是的，孩子们所有的错误，若站在他的角度思考，不难理解：因为人性本是天真、活泼，且还是孩子，每一种存在都有他存在的合理性，为什么我们总是要求“循规蹈矩、千篇一律”呢。

教育生活，没有什么顽石是化不开的，因为我们也曾是妈妈眼里的“坏”孩子。我们不是超人、铁臂阿童木，没有哪吒的三头六臂，孙悟空的七十二般变化，更不是万能的上帝和普度众生的观世音菩萨（我不迷信），但，我们在小学的三尺讲台、24平方米的课桌间穿行一生，是天真可爱的童心引领者。叶圣陶先生说：“教师是捧着一颗心来，不带半根草去的人。”每一个孩子都是天使，他们应该拥有自己灿烂辉煌的人生，而出类拔萃、超凡脱俗者只是凤毛麟角。感念你一生的人不只是“优秀”“出色”的孩子，更多的是那些毫不起眼，也不精彩，却生活得有情有义、有滋有味的“邋遢鬼”“淘气包”。

好好学习，天天向上，耐心教导、真诚呵护每一位孩子，恐怕才是一名教师最基本的底线！

小岔小学帮扶记

2016年11月18日，有幸远赴榆中县小岔小学，参加“结对帮扶”活动。

早晨6点，天色昏暗，冷风飕飕，一行5人从皋兰县城出发，入白银高速，七拐八绕，穿过白银市区，转道水川镇，正式踏上榆中北山的盘山之路。

晨曦微露，高山耸立，雾气弥漫，路面凹凸，崎岖逶迤，轿车穿行崇山峻岭，循环往复，一个转弯便是一道风景。我坐在副驾，不敢说话，紧盯前方，任凭每次转弯心跳加速。同行者忐忑不安，并肩絮语，将路途的寂寞驱除，盼望一蹴而就。李老师沉着老练，转动，刹车，反打，鸣号，减速。一个多小时后，转过一道180° 大弯，轿车到达山巅。驻足眺望，朔风劲舞，长天辽阔，远山连绵，宠辱皆忘。张家岔、平湾、王湾、大岔——处处梯田，层层叠叠，玲珑有致，不由狠狠地多看几遍，生怕错过每一次丰盈和妖娆！

近三小时的颠簸摇曳，一位同事“晕人”，终于到达小岔小学。朴实热情的周校长端来一锅洋芋蛋，热气腾腾，圆润饱满，芬芳怡人。根据安排，主客双方就相关内容开展细致、全面、深入、友好的交流沟通，相互听评课、签订意向性专项协议、合影留念等。校长陪我们参观学校多媒体教室、实验室、舞蹈房、课件制作室、电脑房、阅览室、校史室、广播室、图书馆等，顺便介绍相关情况。周校长说，学校现有6个班，21名教师，106名学生。老师们房子多在县城，来回360多里，学生娃们早晚走十来里山路，中午只能吃点儿开水馍馍。

中午时分，校长安排一顿简单素朴的午餐：脆滑荞麦饼、爽口小米汤、筋道北山长面。吃饭的空隙，我们聊起小岔村人文历史。山大沟深，条件恶劣，以小麦、豌豆、洋芋、油料、百合、药材为主，养殖着羊、猪、鸡等。1933年2月，甘宁青特委在榆中县园子岔乡小岔岭成立了“西北抗日义勇军”，发动群众，斗争土豪，策应兵变，近300名指战员壮烈牺牲在这儿。校长是榆师1990届民师班转正的，从教34年，一直坚守着。提起“榆师”，我激动起来，因为我本是1990届榆师生，北山里有十几位同学。与君初相识，恰似故人归。遂侃侃而谈当年榆师校舍、操场、老师乃至食堂等，特意讨问榆师“八景”之一的“断桥”：指学校东墙外水渠上方的水泥块，男女同学曾时常牵手走过，有时断裂，是谓“断桥”！

下午三点，学校举行隆重的捐赠仪式。“这些年，一个人，风也过，雨也走——”在动人心魄的乐声里，我们给孩子们献上一份冬日的问候：20套崭新运动服，10副羽毛球、10个篮球、10个足球、500本名著等。周校长连声说：“谢谢，谢谢，今天风大天冷，但我们心里热乎着呢！”孩子们黝黑红亮的脸庞露出纯真的笑容，清澈的眼神仿如一朵朵美丽的太阳花灿然绽放。

夜幕降临，山色暧昧，羊群朦胧，炊烟缭绕，草丛中惊起的野兔，三跳四跑蹿过豁岘。这个初冬，我们满载一份真诚，轻伴一份沉静，怀揣一份唯美，莞尔一笑，惬意如风，踏上归程，不虚此行！

缅怀先烈，砥砺奋进
——赴“哈达铺”等红色基地记

追寻红色，缅怀先烈。7 月 15 日，我乘车远赴宕昌“哈达铺红军长征纪念馆”“腊子口战役遗址纪念馆”等红色基地，缅怀革命先烈，体验红色精神，接受党性教育。

有一种情怀，叫不忘初心。7 月 15 日早晨，细雨蒙蒙，山路蜿蜒，层峦叠嶂，怀着崇敬的心情，我先后参观了“腊子口战役遗址纪念馆”“茨日那毛泽东旧居”“哈达铺红军长征纪念馆”。

突破天险“腊子口”，走活长征全盘棋。1935 年 9 月 16 日，中国工农红军北上抗日，长征途经腊子口，与凭借天险、阻截红军北上的国民党鲁大昌部新编十四师进行了激烈的战斗。红军战士机智勇敢地挫败了敌人的严密封锁，一举突破天险，为红军顺利进入陕甘宁边区，实现北上抗日打开了通道。

长征路上加油站，红军命运决策地。举世闻名的二万五千里长征，中国工农红军一、二、四三个方面军先后于 1935 年 9 月、1936 年 9 月两次到达哈达铺。“哈达铺红军长征纪念馆”，主要保存了毛泽东、张闻天同志住过的“义和昌”药铺，红一方面军司令部及周恩来住过的小院“同善社”，二方面军团级以上干部会议会址“关帝庙”，红二方面军总指挥部及贺龙、任弼时住过的“张家大院”，原哈达铺“邮政代办所”，哈达铺苏维埃政府，苏维埃哈达铺游击队司令部7处革命遗址，馆内存有革命文物52件。

岁月无言，山水做证。沿着素朴平实的“红军街”，依次参观了“义和昌”药铺、“同善社”、“关帝庙”、“张家大院”、“邮政代办所”、“哈达铺苏维埃政府”、“苏维埃哈达铺游击队司令部”等革命遗址。斑驳的实物、详细的文字、珍贵的图片、稀有的藏品、惊心动魄的视频。通过讲解员的深情回忆和生动讲解，置身其中，追忆红色故事、追寻红色足迹，共同感受那段艰苦的光辉岁月，纪念和缅怀革命先烈，体会到革命先烈不怕牺牲、众志成城的革命精神和坚定信念，接受了一次革命传统的教育和洗礼。

灯火常在，行者不孤。参观过程中，感同身受，心潮澎湃。我要学习革命先辈的光辉事迹，牢记党的宗旨，坚定理想信念，学习党章党规，做合格共产党员，发挥先锋模范作用，不计名利，勤奋工作，廉洁自律，走好新时代的长征路。

努力上进，长风破浪
——写在初中毕业学生典礼

今天，我们举行毕业典礼。

同学们，真是羡慕诸位，年轻有为，风华正茂，对人生充满憧憬和向往：升高中上大学，将来成为人民教师、白衣天使、艺术家、工程师，那么多美好的机会之门正在等待你们，用稚嫩的小手轻轻叩响。

扪心自问，三年来，作为老师，我没有尽到责任。恨铁不成钢，表面为了你们的学习和前途，名正言顺，合情入理，其实也有私心所致，为了成绩和奖金，偶尔有个人烦闷的流露与发泄。教学上，水平有限，学业不精，讲解辅导不透彻，检查督促软弱。关爱照顾更是不够，有同学病了，不去医院看望；有同学缺吃少穿了，没有给予帮助；有同学讨教问题，推诿扯皮。诸多不好，这里诚恳说声：抱歉！

我们总是抱怨，时间太慢；我们厌烦学习，枯燥乏味。扪心自问，部分同学学习态度不正、目的不明、习惯不好，无所事事，上课睡觉，下课抄袭作业，甚至与我作对，你们就没有一点儿责任吗！你们的父母，不闻不问，不管不顾，就没有一点儿关系吗？没本事会被人瞧不起，这是许多年前发生过的事情了，时光的流逝由不得你们庸庸碌碌、怠惰无聊。

“天高任鸟飞，海阔凭鱼跃。”人生的路很长，也很广阔。同学们，听过说洁白可爱、美丽动人的雪莲花吗？看见过沁人心脾、救人生死的灵芝草吗？只有登临冰山绝壁，才能撷取那神奇的雪莲花；只有攀缘悬崖顶峰，才能得到那千年的灵芝草！芸芸众生，茫茫人海，即使不求出类拔萃，超然出群，也得为自己安身立命奋勇拼搏。一切的收获，无不来自于辛勤耕耘，为之历经坎坷，备受挫折，或许方有成功的一线希望。

“长风破浪会有时，直挂云帆济沧海。”珍重，珍重！

后记　我的坚持

《向阳花》一书缘起 2013 年。陆续积累一些文字后，想着整理成册，只是出书，有些奢侈！

一路泥泞，只为山花灿烂！我的初中老师读了《七月，家乡的杏子红了》一文，极力夸赞，建议尽快成集出版。诸多习作亦被同人、友人和学生分享，坦言不错，甚而荐为作文范本。原来，吃饱穿暖，读书写字，不是奢望！然，习文初衷，闲中作乐，谨言慎行，但恐贻笑大方，不免痴人说梦，一拖再拖。2020 年春，适逢天命，一切顺畅，遂下决心，力争出版。

“草木葳蕤兮，山花烂漫，风尘散尽，再无所求。此生，且与山花共烂漫，而他，莫问奴归去。”

“山花开处不知名，野水浇田细有声。”本书出版，承蒙四季常青、笑傲江湖、小西、冰凌、飘雪、清茶、心田、叶儿、夕水人家、竹叶青青、紫蝶依萍、青山绿水等老师、同学和学生的长期关注，谨此致谢。

俞海云

2020 年 7 月 17 日